蚊がいる

穂村 弘

目次

マナー考

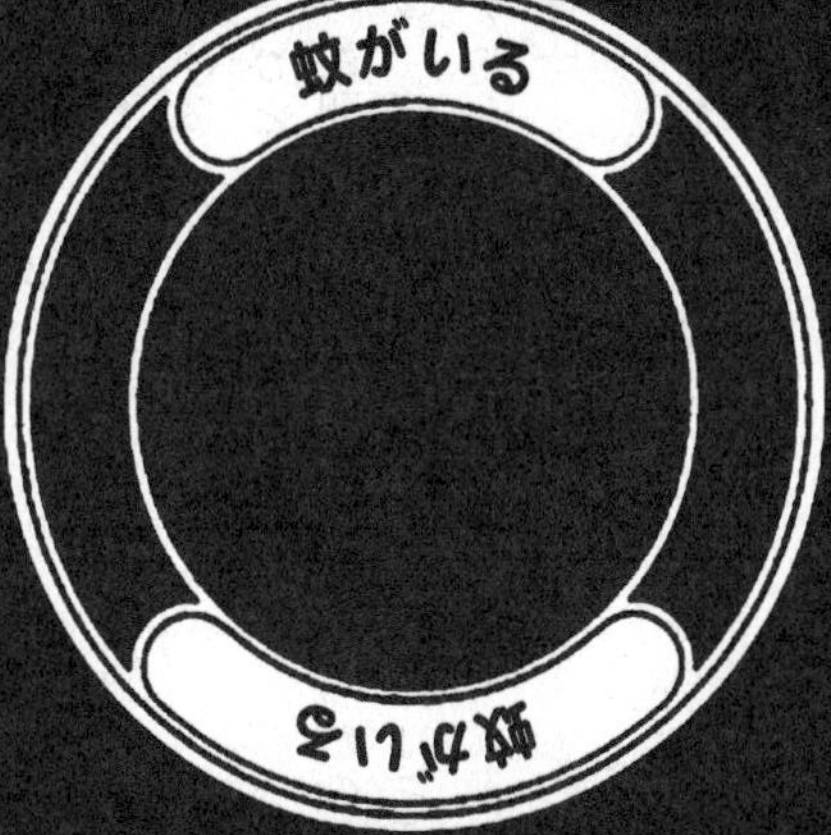
蚊がいる
蚊がいる

カニミソの人

先日、或《あ》る文学関係の集まりに出席したときのこと。

「ほむらさん」と声をかけられた。

「はい」と振り向くと、ひとりの男性が立っていた。

渡された名刺に「○○新聞文化部」という文字があったので、ああ、と思う。人事の異動などがあったとき、新しく担当になった記者さんはこういう場で挨拶《あいさつ》をして回ったりするから、たぶんそれだろう。

「よろしくお願いします」

「よろしくお願いします」

そこまでは普通の流れ。だが、次に彼は云《い》ったのだ。

「覚えてますか？」

「は？」

「上智大学のサークルで一緒だった……」

驚いて再び名刺を見る。その名前にはぼんやりと見覚えがあった。えーっと、たしか、と脳内を探ってゆくと、時間がぎゅーんと巻き戻って、目の前の男性の顔がぐんぐん若返ってゆく。

「Ｉくん！」

「お久しぶりです」

男性記者は大学のサークルで私の二年ほど後輩に当たるＩくんだった。最後に会ったときの彼はまだ十代。今は四十代だろう。時間が達磨《だるま》落としになったような、ちょっとした衝撃だ。

「いや、びっくりしたなあ」

「ほんと、お久しぶりです。御存じですか、ほむらさんの同期のＳさんが……」

昔話と知人の近況情報交換がしばらく続き、一段落したところで、不意にＩくんが云った。

「相変わらずカニミソ食べてますか？」

「？」と思う。アイカワラズカニミソタベテマスカ？　どういうことだろう。

「カニミソ？」とおそるおそる訊くと「カニミソ」とＩくんはにこにこしている。

「？？」と思う。

「ほむらさんと云えばカニミソですよね」

「僕と云えばカニミソ……だったっけ」

「昔、飲み屋で云ってたじゃないですか、『カニミソ頼むと誰も食べないから独り占めできていいんだ』って。僕、カニミソを食べる度にほむらさんのことを思い出してたんですよ。元気かなって」

全く憶えていない。カニミソ。確かにそう云ったのかもしれない。云ったんだろう。しかし。カニミソ。嫌いじゃないけど。好きだけど。そんなにしょっちゅう食べるものでもない。でも、Iくんのあたまのなかでは私はずっと「カニミソの人」だったのだ。

その間に私は二十年以上毎日会社に通って何度も引越しをして何冊も本を出して病気をして結婚して母を亡くした。でも、彼のなかの私は「カニミソ独り占めの人」。記憶というものの怖《おそ》ろしさを感じる。

「今度原稿お願いします」と云われて「こちらこそお願いします。是非書かせてください」と強く頼み返す。Iくんのなかの私を更新したいと思ったのだ。

と、ここまで書いたところで、同様の出来事が遠い過去にもあったことを思い出した。あれは小学校五年生のときだった。三年のときの同級生で隣の小学校に転校してしまったGくんとダイエーの本屋で偶然再会したのである。

「いいこと教えてくれてありがとな」といきなりお礼を云われた。

「？」

「ヒザに唾《つば》つけてくんくんするといい匂いだって教えてくれただろ、いつか」

「ヒザに唾……」

「ときどきやってる。ありがとな」

咄嗟《とっさ》に何をどう訂正していいのか。わからない。遠ざかる友達の後ろ姿を見ながら、ぼーっとしてしまう。

あの日から一度もGくんには会っていない。彼のなかの私は二十一世紀の今も「ヒザに唾つけてくんくんする人」なのだろうか。そして「いいこと教えてくれた人」。

蚊がいる

大きな文房具屋さんに行くと、幸福な気持ちになる。美しい文房具たちをひとつひとつ眺めながら、清潔なフロアをゆっくりと歩いてゆく。ラミーのペン、ロディアの方眼ノート、エンツォ・マーリのペントレイ、デッドストックの便箋と封筒……。このなかから、どの子をお家に連れて帰ろうか。どこからか、いい匂いが漂ってくるようだ。

「いい匂い」は錯覚だろうか。「どの子」も変か。単なる文房具に私は喜び過ぎだろうか。でも、整理された大きな机の上に、便箋と封筒とペンが置かれているところを想像しただけで、うっとりしてしまう。お茶を飲みながら手紙を書いたり、ノートにメモを取ったり、シャープペンシルに芯を補給したり、ペントレイの位置を動かしたり……。ぽわわーん。文房具でトリップしてしまうのは何故なのだろう。おそらくは、美しい、整った、静かな、優しい世界のなかで全てが完結する生への憧れによるのだ。

だが、文房具たちの清潔な世界から一歩外に出れば、そこには混乱と不安と苦痛が充《み》ちている。

例えば、寝不足。

睡眠の足りない体で活動するのも辛《つら》いが、「今からすぐ寝ても四時間しか眠れない」とか「四時間後には起きてネクタイ締めて満員電車に乗らなきゃ」などと思うことはさらに苦しい。でも、生活のなかで寝不足を完全に排除することはできない。ということは、みんな頑張ってるのか。早朝のテレビに映っているアナウンサーの顔をじっとみて、何時に起きたのか、どれくらい寝不足なのか、その苦痛と頑張りの量を計ろうとする。が、はっきりとした痕跡を読みとることはできない。「三時のBSニュースです」のあとに「昨夜の睡眠は四時間。吐き気がします。でも頑張ります」とか云って欲しい。

或《あ》いは、数学。

高校時代、数学が苦手だった。それが得意な友人に、どうすればできるようになるか尋ねたら、こんな答が返ってきた。「数学はもがかないと駄目だよ」。え？　と思う。数学って最も論理的ですっきりした学問じゃなかったの？　「本質的にはそうだけど、『僕たちの数学』はすっきりしてないよ。沢山《たくさん》の数字にまみれてもがいた時間がそのままテストの点数に繫《つな》がるんだ」。私は愕然《がくぜん》とした。世界の秘密を知ってしまった気分。でも、もがく苦しさに打ち勝つことができないために結局成績は上がらない。

或いは、蚊。

四時間後には起きなきゃいけないのに、暗闇のなかに微《かす》かな音をきいてしまう。ぷーん。ぎくっとする。蚊だ。どうする。起き上がって電気をつけて退治するか。面倒くさい。ぷーん。ああ、ベープを買っておけばよかった。もう遅い。ぷーん。蒲団《ふとん》に潜ろうか。無駄だ。ぷーん。眠っているうちに手足が出てしまうだろう。諦《あきら》めて刺されるか。蚊に刺されても死ぬことはない。でも痒《かゆ》い。ぷーん。ぷーん。ぷーん。そのとき、隣で眠っていた筈《はず》の恋人が、がばっと身を起こす。電気をつけて蒲団の上に静かに座る。ぱちん。いきなり宙を叩いた。戦うつもりなのだ。ぷーん。ぱちん。ぱちん。ぷーん。ぱちん。ぱちん。ぷーん。攻撃はなかなか命中しない。私も手伝おうと体を起こしかける。と、「寝てていいよ」と声が降ってくる。優しいとか嬉《うれ》しいとかいうよりも、怖れに近いものを感じる。彼女は何故、今ここで蚊と戦うという決意をもてるのだろう。起き上がって、電気をつけて、素手で。ぱちん。ぷーん。ぱちん。ぱちん。ぱちん。ぷーん。ぱちん。ぷーん。ぱちん。ぱちん。ぷーん。ぱちん。不意に音が止む。ついにやったのだ。部屋の電気が消える。外はもうぼんやりと明るい。

生きる力の最後は「これ」しかないのだろうか。寝不足＝自分自身が相手でも、数学＝数字が相手でも、蚊＝虫が相手でも、最後の最後はぐちゃぐちゃの苦しみのなかを「ただ頑張る」ことでしか対応できないものなのか。みんな、そうしてるのか。

でも、雑誌やテレビのなかにはそんな空気は感じられない。誰もがもっとすっきりと生きているようにみえる。あれは嘘《うそ》?

それに机の上で宝物の文房具を並べ替えているとき、世界は美しい、整った、静かな、優しい場所に感じられる。あれは夢?

最後の最後は「ただ頑張る」しかないのなら、誰かはっきりと私にそう告げて欲しい。でないと、踏ん切りがつかない。私は大きな机の上できれいな文房具たちをいつまでもいつまでも並べ替えていたいのだ。

男たち

インターネット上の掲示板では、今日も男たちが「女にモテる腕時計」について熱く語り合っている。あの機種がモテるとか、いや、こっちの方がモテるとか、センスなさすぎとか、それ本気ですかとか。強い口調で相手の考えを否定しながら、喧嘩になりそうな勢いで全員が自らの信念を書き込んでいる。

現にこないだこれをはめてキャバクラに行ったらモテたとか、キャバ嬢は褒《ほ》めるのが仕事なんだよとか、いや、あの目は本気だったとか。そんなやりとりをみているうちに、腕時計好きのひとりである私はだんだん不安な気持ちになってくる。

もしかして、モテるモテないと腕時計は殆《ほとん》ど関係が無いんじゃないか。だって、女性が男の腕時計をじっとみていることってないし、みても細かい機種の区別なんてつかないだろう。それよりも顔とか声とか性格とか才能とか服とか髪形とかセンスとかマナーとか……、「モテ」に関しては重要な項目が沢山あって、腕時計は四百八十一番目くらいなんじゃないか。つまりほぼ無関係。

仮に腕時計でモテる場面があったとしても、それは時計自体がかっこよくて持ち主のセンスが認められたわけではなくて、単に値段が高そうだからお金持ちと思われただけなのでは。

目の前で激しく語り合っている男たちは、そうは思わないのだろうか。いや、薄々感じてるんじゃないか。でも、誰も云い出さない。その件については指一本触れないまま、「女にモテる腕時計」は確かに存在する、という前提のもとに、果てしないやりとりが続いてゆく。

モテるためとはいっても、自分の顔とか声は変えられないし性格や才能だって難しい、ということもあるだろう。でも、多分それだけの理由ではない。何よりもまず男たちは腕時計が好きなのだ。心の深いところでは「モテ」よりも腕時計の方が大事なのかもしれない。

お隣の掲示板では腕時計の防水性や視認性やデザインについて、あの機種が、いや、こっちの方が、と語り合っている。それを眺めていると、腕時計マニアにとっての「女にモテる」とは、防水性や視認性やデザインと同じようにその性能を確認するための評価基準のひとつなのかも、と思えてくる。ただ、いずれにしても「モテ」を「腕時計」の尺度にすることには強引さというか無理を感じる。

一方、女性側に目を向けると、このように奇妙で勝手な思い込みは殆どみられない。つまり、彼女たちのなかでは「男にモテる服」と「私が好きな服」の間の線引きがブいることなく、正しく把握されているのだ。

男女間におけるこの違いは何に由来するのだろう。おそらくは、客体としてみられることに関する経験の差によるのではないか。女として他者の視線に曝《さら》されながら生きる時間のなかで、彼女たちは「服を選ぶ私」と「服を着た私」、すなわち主体としての私と客体としての私の間で視点を切り替えることを学ぶのだろう。女性誌における「僕たちの好きな女子服」的な企画などは、この能力にさらに磨きをかける意味をもっている。

だが、「腕時計を選ぶ俺」という主体の感覚に慣れ過ぎた男たちは、私自身を含めて「腕時計を着けた俺」をリアルな客体としてみる訓練が決定的に不足している。みられることに慣れていない我々は、腕時計や女を一方的に選ぶ自分しかイメージできない。そのために「女にモテる」＝「女に選ばれる」という当然のことが、理屈ではわかっていてもなかなかぴんとこないのだ。

道に痰《たん》を吐く女はひとりもいないのに、男は沢山いる。これなども客体としての意識の差が端的に表れた結果だろう。女性からすると、何故《なぜ》人前であんなことができるのか信じられないと感じるのではないか。だが、理由はある。「痰を吐いた俺」の姿が男にはよくみえないのだ。

運命センサー

感度の悪い自動ドアというものがある。近づいても無反応。くっついても無反応。「あのー、立ってますよ、もしもし?」と思っていると、驚いたようにごーっと開く。鈍いなあ。そんなんじゃ自動ドア失格だよ。でも、考えてみると、私もドアのことは云えない。様々な出来事に対するセンサーの感度が悪いのだ。

なんかふわふわする、と思ったときは、それ以上歩けないほどお腹《なか》が減っている。なんか寒気が、と思ったときは、もう完璧に風邪をひいている。なんかこのふたり雰囲気がいいような、と思ったときは、彼らはとっくにつきあっている。なんか反応が変、と思ったときは、恋人の心は既《すで》に私から遠く離れている。

自動ドアなら反応が多少遅くても致命傷にはならないが、人間の場合は深手を負ってしまう。あれ?　と思ってからなんとかしようとしてもどうにもならないケースが多いのだ。寒気を感じてから薬を飲んでも、結局は熱が出てしまう。恋人が微妙に冷たくなってから態度を改めても、破局を回避できたことがない。その時点では、既に運命は決まっているのだ。

これはスキーのジャンプ競技に似ている、と思う。この種目では主に飛距離を競うわけだが、どこまで遠くに飛べるかは、踏み切りの瞬間にほぼ決まっているのではないか。空中に飛び出すタイミングや角度を失敗してから、その後の空中姿勢によってなんとか距離を伸ばそうとしても限界がある。ボウリングもそうだ。指から球が離れた瞬間に、しまった、と思うことがある。今の無し、もっとこっち、こっち、と空中で手をくねくねして、後ろでみているひとに笑われる。そんなことをしても、もう遅いのだ。

ただ異なっているのは、風邪や恋においては、ジャンプ競技の踏み切りやボウリングのリリースのような「運命が決する瞬間」がはっきりとはわからない、という点だ。風邪をひく瞬間っていつなのか。恋人が私をなんか嫌と思い始める最初のきっかけはなんなのか。知覚することができない。いずれも人間にとって重要な情報なんだから、そのためのセンサーはもっと鋭敏でもいい筈なのに。「あなたが『お好み焼き』のことを『お好み』って云うのがなんか嫌だった」なんて後から云われても困るのだ。

だから、のどちんこに風邪ウィルスの最初の一匹がくっついた瞬間にアラームが鳴って欲しい。くしゃみはタイミング的にも精度的にもランダム過ぎてアラームとしては役に立たない。また、恋人が私の言動に対してイラっとした瞬間に、危険を察知した髪の毛がばりばりと逆立って欲しい。

「お好み食べに行かな（ばりばりばり）うわっ。なに？　お好み食べ（ばりばり）お好み（ばり）嫌いなの？」

「ううん。お好み焼きは好き。でも、ちゃんと『お好み焼き』って云って」

「お好み焼き食べに行かない？」

「うん！」

実際に『ゲゲゲの鬼太郎』にはこのシステムが採用されている。近くに悪い妖怪がいると髪の毛がアンテナのように立って教えてくれるのだ。ただ、私自身の鈍さは別にしても、我々人間のアラーム機能は概《おおむ》ね不完全なので、「なんか変」を感じたときにはもう遅い。喉の痛みに気づいたら、大体寝込む。恋人の目の冷たさに気づいたら、必ずふられる。

もっとも、人間のなかにも運命センサーが特別に発達したひとがいないわけではない。彼らは「今だ」という瞬間をキャッチできるのだ。いつだったか、四人で種類がばらばらのケーキを四個食べたときのこと。全員が全種類をちょっとずつ分け合って食べよう的な雰囲気になった瞬間、「はい」とひとりが手を挙げた。「それはやめよう」と彼は云った。「四種類を少しずつ食べるよりも、ひとりが一種類を最後まで食べきった方が結局は満足感が大きいと思う」。

真剣な口調にみんなはちょっと笑いながら、「じゃ、そうしよう」と同意した。ケーキの食べ方についてそこまではっきり意見をもっているひとは他にいなかったから、彼の提案はすんなり通ったのだ。私は感心していた。このひとの運命センサーは鋭い。「今だ」という瞬間に「はい」と手を挙げたところが凄《すご》い。みえない運命と戦っている。

ところが、実際に食べ始めてみると、やっぱり違う味を知りたくなって、結局、他人のケーキに手を出してしまう。彼も勧められて恥ずかしそうに隣のひとのを食べていた。私は改めて運命の流れの強さを感じた。だが、これは決して彼の判断ミスではないと思う。仮に最初から回し食べをしていたら、逆に「ひとりで一種類を最後まで食べたかったなあ」と皆が感じていたのかもしれない。運命の流れとは、どちらを選んでもそう簡単に人間の望み通りにはならないような、特殊な仕組みになっているのではないか。その意味で、失敗に終わったとは云っても、彼の挑戦は価値あるものだったと思う。

旅人の目

旅先の町を歩きながら、「ここで毎日暮らしているひともいるんだなあ」と思って不思議な気持ちになる。不思議に思うことはない、とあたまではわかっている。どんなところにだって、そこで暮らしているひとはいる。当たり前と云えば当たり前なのだ。それなのに「ここで毎日暮らしているひとも」としみじみしてしまうのは何故か。自分自身にもあり得たかもしれないもうひとつの人生への憧れのようなものだろうか。

それから、私は辺りを見回しながら、「この景色が、きっと、ここの住民には違った風にみえてるんだろうな」と思う。網膜に映っているものが同じでも、初めてそれをみるのとよく知っているのとでは違ってみえると思うのだ。でも、住民の目をもたない旅人の私には、彼らの感じ方を想像することができない。

より日常的な体験のなかでも似たようなことは起こる。例えば、知らない道を歩いているとき、或るところで「あ、ここに出るのか」と気づくことがある。いつの間にか、知っている場所に出たのだ。「へえ、ここがここにねえ」と妙に感心する。

このとき、すぐには気づかないことがあるのが面白い。数秒経《た》ってから「あ、ああ、ここってここだったのか」と認識する。すると、奇妙なことが起こる。今まで知らないところだと思ってみていた景色が、実は知っているとわかったとたんに、みるみる雰囲気というか、その場の感触を変えるのだ。旅人の目から住民の目に戻ったことで、風景の意味に変化が生じたのだろう。

その瞬間、懐かしいとか嬉しいと感じることもある。だが、散歩などの場合には、それまでの新鮮などきどき感が消えたことを残念に思う。「なーんだ、ここか」と。日常のなかの小さな旅が終わってしまったことへの失望だ。わざわざ気づく前の道に引き返すこともある。でも、いったんわかってしまった感覚を、再び未知のどきどきモードに戻すのは難しい。

眼差しの変化によって同じ場所が違ってみえる現象は、おそらくは過去の記憶などと関係しているのだろう。どんな対象も純粋に客観的なものではあり得なくて、全ては「私」との関わりのなかで捉えられているということか。

これに似たことは対人関係のなかでも経験することがある。向こうから歩いて来る女性を「ちょっといいな」と思う。次の瞬間に、それが自分の恋人であることに気づいてびっくりするようなケース。そんなとき、驚きと喜びと後ろめたさが混ざったような複雑な気分になる。「知らないひとの目でみると、可愛いんだな」と思ってみなおしたり、自分がそれに慣れてしまっていたことに気づいて反省したり。

これは外見だけのことではない。つきあいが長くなると、相手の性格や振る舞いにおける長所や美質にも慣れて、それを当然のものと思ってしまう。だが、不思議なことに短所や欠点には慣れることができない。むしろ、ダメージが少しずつ蓄積されてゆく。この原理によって、時間の経過とともに多くの恋は内側から壊れてゆくことになる。

相手から受ける細かいダメージの蓄積が飽和点に近づくと、他の異性に目が向くようになる。よく知らないひとの美質は、とても新鮮でいいものに思えるのだ。殊《こと》に今の相手の欠点と新しいひとの美質が重なっていると、対比効果によって一層ギャップが大きく感じられる。

北国の冬にうんざりしている住民は、たまたま訪れた南国の暖かさに強く惹かれるだろう。雪掻きがない！　その代わり南では台風の被害が酷いとか大きなゴキブリが出るとか、そんなことは考えない。これは一種の錯覚というか罠《わな》だ。

或る程度恋愛の経験を積むと、その構図自体に自ら気づくことができるようになる。ちょっと待て自分。未知のひとだからこんなに輝いてみえるのだ。自分の恋人だって最初はそうだった。今でもその輝きは決して消えたわけではない。ただ、こちらの目が慣れてしまっただけ。だが、そう云い聞かせても、もう一度旅人の目で自分の町をみなおすことは難しい。

内気だけが罪

「マスター、最近ノダちゃん顔みせてる?」

お店に入って来るなり大声を出すひとがいて、びくっとする。それ、合ってるのかなあ、と訝《いぶか》しい気持ちになる。「常連」の演技をしているみたい。でも、誰もそうは思ってないようだ。「マスター」も「このところお見かけしませんね」と自然に応えている。じゃあ、これが普通なのか。多分そうなんだろう。だって、そのお客さんには沢山の友達がいて仕事もばりばりやって家庭も営んで趣味も充実している(その後の数分間で本人が語った言葉より)らしいのだ。

でも、私には無理だ。「マスター」「ノダちゃん」「顔みせてる?」のなかのどれかひとつでも、口に出したくはない。云えるのは「最近」だけだ。ただ、何故そんなに嫌なの、と訊かれるとうまく説明できない。単なる自意識過剰だろうか。そうは思いたくない。世界とか他者とかコミュニケーションに対するズレがまず先にあって、一瞬ごとに痛みを感じるので、結果的に自意識過剰になっている、と思いたい。もともと内気なわけじゃなくて、波長がズレているこの世界では、うまく生きることができなくて心を削られるから萎縮してしまうのだ。

しかし、結果としてこの内気さは致命的だ。いや、現実世界のなかでは、内気だけが致命的なんじゃないか。それ以外のどんな弱点や欠点があっても、本人が怯《ひる》むことなく一定量の活動性を維持できれば、「マスター、ノダちゃん」の彼のようにちゃんと自分の居場所をみつけて機能することができるのだ。

以前、或るトークイベントのとき、会場のお客さんに向かってこんな質問をしたことがある。

「このなかで好みのタイプはヤクザという女性は手を挙げてください」

全く手は挙がらない。いなーい、いるわけなーい、という雰囲気で一杯になる。その場に十倍の人数の女性がいても結果は同じだったかもしれない。だが、と私は思う。現実のヤクザには必ず女がいるではないか。大抵は美人で、かつ複数いたりもする。これをどう説明するのか。私にはわかる。ヤクザは内気ではないからだ。

好みのタイプはヤクザというひとが仮に全女性のなかの○・○○一％だとしても、これに全人口の半分を掛ければ相当な数になる。そして、ヤクザはヤクザであることを常に一貫して外部にアピールし続けている。これが重要なのだ。

同様に「マスター、ノダちゃん」なひととは、いつでもどこでもお店に入ってきた瞬間に「マスター、ノダちゃん」なひとであることがわかる。だから、それを繰り返すうちに必ず波長の合う他者と出会って、自分の居場所をみつけることができる。

一方、店の片隅で「それ、合ってるのかなあ」と心のなかで思っているだけの私がどんな人間なのかは周囲の誰にもわからない。仮に「マスター、ノダちゃん」な彼よりも私の性質の方が多くの他者にとって好ましいとしても、結果的に内気であるということが、世界との出会いの可能性をゼロにしてしまうのだ。

どんなキャラクターであっても、この世のどこかには居場所がある。電車のなかでみかける説教好きなセクハラ酔っぱらいおじさんも、ちゃんとネクタイを締めて結婚指輪をしているではないか。でも、内気だけは駄目。伝わらない心を抱えて世界の周囲をくるくる回るだけ。そう気づいていながら、どうすることもできない。時間だけがどんどん過ぎる。だからこそ内気なのだ。

そんな或る日、私は心を決めた。そして様々な原稿のなかで、「私の心は硝子《ガラス》のように壊れやすい」とか「ベッドで菓子パンを食べる」とか主張し始めた。だって、ヤクザはひと目でヤクザってわかるけど、「壊れやすい」とか「ベッドで菓子パン」とかはひと目ではわからない。云わなければ、永遠に誰にも気づかれないままなのだ。新聞や雑誌にそんなこと書きまくってどうかしてるんじゃないの、という声も聞こえてきたが、私は怯まなかった。いや、怯んだが、どうかしたままだった。

その結果、初対面のひとに挨拶すると「ああ、あのベッドで菓子パンを食べる……」と云われるようになった。みんなにこにこしている。やっぱり、と思う。「ベッドで菓子パンを食べる」人間が好きなひとも世界には存在するのだ。

だが、他者の笑顔と引き替えに、私は真の内気さを失った。「私の心は硝子のように壊れやすい」というアピールは本当に内気な人間にはできない。でも私はやった。これ、合ってるのかなあ。不安だが仕方ない。望み通りになったのだ。

三つの試練

飲み会とカラオケとゴルフが苦手だ。でも、日本のサラリーマンは基本的にこの三つが好きという設定になっていて、会社員だった頃の私は二十年近く困り続けていた。そこまで限定しなくても、もうちょっと選択肢があってもいいと思うのだ。でも、古い絵本が好きな営業部長とかアンティークの文房具が好きな経理課長には出会ったことがない。

正確にいうと、私は三つのなかでゴルフとの戦いには勝った。新入社員のとき、社長に「ゴルフ行くか?」と誘われて「行きません」と即答。周囲が静まりかえった。それ以降、ゴルフに関しては社内の誰からも二度と声をかけられなくなった。というスリリングな経緯ではあったが、しかし、あのとき反射的に「行きません」と云えたおかげで、莫大な時間とエネルギーが浮いたのは事実だ。云えてよかった。だが、それも私が営業職ではなかったから通ったようなもので、ゴルフも仕事の一部という立場だったら到底許されなかっただろう。

現に飲み会とカラオケは避けることができなかった。特に辛いのは、それらを「楽しまなければいけない」ことだ。皆が好きな楽しいことという合意ができているために、ただ飲んでいるとか歌っているだけでは許されないのだ。酔っぱらいのひとたちは酔っぱらっているくせに、その場に心からは同調していない人間をみつけるのがとてもうまい。飲み会の席で、ああ、早く終わらないかな、家に帰って古い絵本の目録を眺めたいな、と思いながら目の前のビールを嘗《な》めていると、「なに、醒めてるんだよー」と先輩からすかさずチェックが入る。「あ、いえ」とかわそうとしても、許してくれない。ゆらゆらとゆれながら真っ赤な顔が目の前に近づいてくる。

「楽しんでますかー」

「はい」

「いや、楽しんでない」

「い、いえ、あの」

「楽しんでますかー、これ、猪木だよ猪木、な、元気ですかー」

「は、はは」

「酔っぱらい、と思ってんだろ」

思ってますとも。でも、先輩に向かってそれを口に出すことはできない。

「酔っぱらいじゃないですかー」

以前、同期のひとりが明るくそう云って、「だよなー、ぎゃはは」とふたりが一気に仲良くなるシーンをみたことがある。でも、私にはできない。「だよなー、ぎゃはは」の直前まで先輩の目は本気だった。いつ冗談のモードに切り替わったのだろう。私にはうまくそのボタンを押す自信がない。あれは同期の奴も飲み会好きでその波動が伝わったからこそできたことで、私が同じことを云い返しても、逆のボタンを押してしまいそう。そう思うとおそろしくて竦《すく》んでしまう。

その夜、さんざん絡まれた挙げ句に、暴れる先輩をなんとか終電に乗せて、ほっとしたときには自分の終電がなくなっていた。歩いて家に帰り着いたのは明け方である。

でも、翌日になると、相手はけろっとしている。「おはよう」と挨拶されたので、「おはようございます。無事に帰れましたか？」と訊いてみる。すると、先輩は不思議そうな顔で云った。「ん？　おまえ、昨日いたっけ？」

ああああ。このひと、私の存在自体を憶えていないのだ。じゃあ、あれは、あの緊張、あのやり取り、暴れる先輩を終電に乗せたあとで駅員さんに叱られたこと、二時間歩いて帰ったこと、全ては一体何だったのか。

だが、さらに過酷なコースもある。飲み会の後にカラオケだ。新入社員のとき、三次会で初めて行った「カラオケ道場」の入り口で沢山の鈴のついた腕輪を渡されて、「？」と思った。その店では全員が鈴の腕輪を手につけたまま、楽しむ決まりだったのだ。誰かが歌っている間中手拍子、そして終わったら拍手。つまり、店内には常に無数の鈴の音が響き続けているのである。雪原をゆくトロイカのようにしゃんしゃんしゃんしゃんしゃんしゃんしゃんしゃんしゃんしゃんしゃんしゃんしゃんしゃん。数時間後に店を出たとたん、ふらふらして、ぺたんとアスファルトに手をついてしまった。酔ったのか？　いや、後半はウーロン茶しか飲んでない。これは……、三半規管をやられたのだ。

穴係

海外で大きな災害やテロなどが起きたとき、テレビ画面のなかに現地の日本人記者があらわれてレポートをすることがある。現場の状況を的確に伝えた上に、東京のスタジオからの質問にも臨機応変に答えている。凄いなあ、と思う。取材のやり方というか、大きな混乱のなかで必要な情報を集めてそれを伝えるためにどんな行動をとればいいのか、このひとはちゃんとわかってるのだ。私には絶対できない。そういう場合に必要な情報が何なのか、そのために自分がどんな風に動けばいいのか、最初の一歩から全く見当がつかないのだ。

海外の災害やテロどころか、高校の文化祭やキャンプのときでさえ、私には居場所がなかった。全体のなかでの個人の役割を皆は自然に見出して動いているようだ。だが、私は何をすればいいのかわからない。自分の仕事をみつけることができないのだ。意味ある動きのなかに混ざって私だけが何もしていない。ただ、おろおろと棒立ちになっているだけ。でも、気持ちは誰よりも焦っている。

そんなとき、リーダー的なひとに「じゃ、ほむらくんは体育館に椅子を列《なら》べて」など云われると、心からほっとした。「ほむらくん」と名前を呼ばれたことが嬉しい。ひたすらパイプ椅子を運んでは、ぱかっと広げて順番に列べていく。皆が嫌がるような単調な作業でも気にならない。これをやっている限り、僕も文化祭に参加しているんだ。そう思えて安心なのだ。役目が終わったら、また「外」のひとになってしまう。いつまでも列べていたい。

だが、キャンプのときに「買い出しをお願い」などと云われるのは駄目だ。緊張してしまう。体育館の椅子列べに比べて買い出しには、ちょっとだけ海外の記者的な能力が必要になる。買い出しの内容を全て指示してくれるひとはいない。或る程度自分の判断で行動しなくてはならないのだ。私が行ったら、きっと必要なものを買わずに間違ったものを買ってきてしまうだろう。おまけに何故そうしたか理由を訊かれても説明できない。自分なりの考えや一貫性があれば、たとえ結果に問題があっても流れを説明することはできる。だが、私は曖昧《あいまい》な気持ちのまま曖昧に行動して曖昧に間違えてしまうのだ。

そう思って躊躇《ためら》っているうちに、別の誰かが手を挙げる。男女ひとりずつ仲良く買い出しに行く。私はといえば「じゃあ、穴を掘って」と云われてほっとする。これならできる。できるんだ。そう思って夢中で掘る。やがて、人間を埋められるほどの巨大な穴が出現してびっくりされる。

そんな私は当然のことながら、火を熾《おこ》す、野菜を切る、調理をするなどのキャンプにおける花形的な仕事には全く縁がなかった。それらはクラスの中心的な男子や女子がやっていたのだ。できあがったカレーライスを食べながら、中心的男女は「いけるじゃん」とか「じゃがいも、もうちょっと大きくてもよかったね」などと互いの成果について楽しそうに語り合っている。でも、私には「穴、もうちょっと小さくてもよかったね」と話し合う相手はいない。河原の石に座って、ただ黙々と食べる。他の仕事は何もせずに謎の大穴をひとつ掘った男に声をかけてくるひとはいない。

文化祭でもキャンプでも大掃除でも会社の仕事でも、いつも同じことが起きる。全ての「場」の根本にある何かが私には摑《つか》めないのだ。現実世界に張り巡らされた蜘蛛《くも》の巣のようなルールがみえない。何のための穴なのかよくわからないままに、どこまでも掘ってしまう。だが、わかっていないということは熱心さではカバーできないのだ。

ところが、先日のこと。テレビをみていたら、富山県の図書館にニホンカモシカが入ってきたというニュースをやっていた。テレビ局の富山支局長という女性が出てきて、くるりと後ろを向くなり、両手で窓ガラスを引っ掻く真似をしながら、「カモシカはこうやって懸命に外に出ようともがきました」と云った。おお、と思う。このレポートなら自分にもできそうだ。そして、外に出ようともがくカモシカを想像しながら真似をしてみた。私の方がうまいんじゃないか。

パッチワーク紳士

先日、或る立食形式のパーティに出席したときのこと。乾杯やスピーチも一通り終わって歓談タイムに入ったところで、私はお皿に数貫のお寿司を載せて司会席の女性のところに持っていった。歓談の時間とはいっても司会者は自由には歩き回れないからだ。

「はい」と前に置いたとたん、彼女の顔がぱっと明るくなる。

「ありがとう」

「ううん」

微笑《ほほえ》んで頷《うなず》くと、すっかり自分が紳士になった気分だ。

実はこれは猿真似なのだ。以前同じことをしているひとをみかけて、お、恰好いいな、と思って早速取り入れた。簡単なことだけど相手には確実に喜ばれて、いい気分を味わうことができる。お得だ。

これ以外にも、後に続くひとのためにドアを押さえているとか、運転中にブレーキをかけるとき助手席に軽く手を差し伸べるとか、若い編集者や読者に丁寧な口をきくとか、ときどきやってみる「素敵」的な行動パターンがある。

だが、みるひとがみればわかることだろう。私は全く機械的かつランダムにそれらをこなしているだけだ。人間的な優しさから自然に行動しているわけではない。中身はすかすかのまま、ふと思いついたときにだけ、笑顔と思いやりを出力しているのである。

その証拠に、私が紳士的なのはプレッシャーのない状況下においてのみだ。司会者に食べ物を運ぶなんてノーリスク。ドアを押さえたり、助手席をフォローするのもノーリスク。こちらに対して好意的な編集者や読者に優しくするのもノーリスク。自分が優位にあるような安全な状況下で紳士的に振る舞うのは簡単なことだ。

だから、現実の風向きが変わってちょっとでも状況が厳しくなると態度が変わる。たちまちあわあわして、自分のことしか考えられなくなる。お婆さんの鼻先で思いっ切りドアを閉めて、あ、やべ、と思う。

仮にそれが上辺の振る舞いであっても、とにかく実践することが大事、という考え方もあるとは思う。心が伴っていようがすかすかだろうが、現に行ったひとつの行為は他人にとっては同じことなのだから。だが、自分自身にとってはどうか。ランダムでも、ノーリスクでも、それらを繰り返すことによって、己の魂が少しずつでもレベルアップして本物に近づいているならいいだろう。でも、どうもそういう気がしないのだ。上辺の辻褄《つじつま》を合わせることで、逆に停滞しているような感触さえある。

例えば、混雑した駅で誰かとぶつかりそうになったり、道を塞《ふさ》ぎ合ったりすると、すぐにむっとしてしまう。「ごめん」と云わなくちゃ、と思うんだけど、どうしても口から出ない。云ったら負けのような気がするのだ。その瞬間、相手の口から「ごめんなさい」が零《こぼ》れる。狼狽《うろた》えて「あ、いえ」とむにゃむにゃ云いながら、しまった、と思う。負けた。さっきは「ごめん」を云ったら負けと思ってたくせに、相手に先に云われたら負けたと思うのはおかしい。いつルールが変わったのか。

これを何度も何度も繰り返してしまう。司会席にお寿司を運ぶのは一回で覚えたのに、見ず知らずの他者に対する咄嗟の「ごめん」は何十年かかっても学べない。いつだったか、ぶつかった相手に対して思い切って先に「ごめん」を云ったら、「ちっ」と舌打ちされた。かっとなって、今云ったばかりの「ごめん」を激しく後悔。云わなきゃよかった。損した。そして憎む。こいつ、死ねばいい。死ね。死ね。「押したらこいつの心臓が止まるボタン」が手のなかにあったら即押す。

そんな心の持ち主が運んだお寿司は不味《まず》かったんじゃないか。それとも寿司は寿司なのか。担当の編集さんやサイン会に来てくれる若い読者に対して奇妙に丁寧な口をききながら、今日もランダムにジェントルな振る舞いを繰り返す。私はつぎはぎのパッチワーク紳士だ。

咄嗟のタイミング

消しゴムとか財布とかライターとか、咄嗟に投げられたものをうまくキャッチすることができない。はいっと放られた瞬間、取らなきゃという気持ちで一杯になって懸命に両手を合わせる。が、ぺちんと虚しく宙を叩く。真剣になり過ぎるから力が入って駄目なのかもしれない。こんなとき皆はもっとさり気なく取っている。そう思って、わざと肩の力を抜いて片手でぱっとやったら、「打ち返して」しまった。

反射神経の問題だろうか。でも、私は体育などが極端に苦手だったわけではない。走ったり飛んだりは人並みにできるのだ。キャッチボールだって普通にこなせる。なのに、日常のなかではいっと投げられたもののキャッチは駄目。どうやら、「咄嗟のタイミング」というところにポイントがあるようだ。反射神経に限らず、そのような場面で私の全能力は一気に低下してしまう。

例えば、偶然目と目が合ったとき、にこっとするひとがいる。素敵だなあと思う。私も真似したいのに、慌ててがくっと首だけ折るようなお辞儀をしてしまう。駄目だ。堅すぎる。逆に、さほど親しくない相手にひらひらと手を振ってしまって、いかん、カジュアル過ぎる、と焦ることもある。

車の運転をしているとき、「ありがとう」の軽いクラクションを鳴らしたり、「お先にどうぞ」の短いパッシングを送るのも苦手。そっと押し過ぎて鳴らなかったり、パッシングがハイビームになって喧嘩を売ってしまったり、うまくいかないのだ。「軽いクラクション」と「短いパッシング」の専用ボタンを付けて欲しい。と云いつつ、本当にあったら嫌だろうな。そんなの恰好悪いから。ひとつのボタンで、さまざまなニュアンスを表現できるのに憧れるのだ。

ゴールデンウィークに旅行に出かけたとき、部屋にバルサンを焚いていこうと思った。大きな荷物をもったまま、スタートレバーを足で踏んだとたんに、シューっと音がして土踏まずが冷たくなる。しまった。噴出口を足で塞いだまま踏んでしまった。毒、と閃《ひらめ》いて焦るが、煙がもくもくと出始めて、足を拭いたり靴下を替えたりする時間はない。外、外に出なきゃ。パニック状態でドアを開けて冷たい足のままコンビニに行き、五百円の靴下を買った。駅のホームで履き替えてほっとする。自分で自分の足を攻撃してどうする。

また飲み会などで複数の人間が喋っているとき、口を挟みたくても、タイミングが摑めない。あんなにランダムな場で、どうして皆は自然に喋れるのだろう。ずっと黙っていた私が一瞬の沈黙を狙って声を出したときに限って、必ず誰かとかぶってしまうのだ。

そんな私がいちばん怖ろしいと思うのは、オーケストラやブラスバンドなどでシンバルを鳴らす係である。ずっと出番がなくて、「ここだ」というところで一回だけジャーンと叩くこともあるらしい。なんという重圧。皆が力を合わせてそこまで順調に進んできた演奏が、私の一発で台無しになるかもしれないのだ。しかも、決死の覚悟でうまく鳴らしたからといって、よくやったとかお手柄とかは思って貰えないだろう。

自分が「咄嗟のタイミング」をうまく扱えない理由はわからない。だが、私が生まれたとき、誕生会に呼ばれなかった妖精が「この子は一生タイミングのとれない人間になるでしょう」と呪いをかけたのかもしれない。などと思ってしまうことからもわかるように、過剰な自意識が関係しているような気はする。

去年の夏に短歌関係のテレビ番組に出たときのこと。二時間のプログラムが無事に終わって、出演者が並んでお別れを云うところで、不意に私は固まった。皆と同じようにバイバイの手を挙げるところまではやったのに、それを振ることができない。テレビカメラに向かって笑顔で掌《てのひら》を向けたまま、びくともしない姿はとても不気味だったらしい。

何故、そんなことが起きたのか。実は、あの瞬間に「こんな普通のバイバイをするような俺じゃねえ」という異常な自意識が発動してしまったのだ。「本当の俺は特別なんだ。バイバイだってもっと、こう、誰もみたことないような恰好いいやつを……」と。狂ってる。「特別な俺」をみせたいなら、短歌についての批評を頑張るとか、番組のなかでいくらでも試みればよかったのだ。そこを普通に流したくせに、最後の瞬間に突然スイッチが入るってなんなのか。消しゴムもキャッチできないのに、咄嗟に「特別なバイバイ」なんて思いつく筈がない。私は単に壊れたひとになった。

世界の切り替えスイッチ

台風などの影響で乗っている電車が止まってしまったとき、たまたま鞄《かばん》に本が入ってなくて悔やんだことが何度もある。ここで本があるのとないのとでは大違い。文庫本が一冊あれば、この世界で電車に閉じ込められても平気なのだ。それを開くだけで、もうひとつの世界に入ることができるのだから。

そう云えば、私はカプセルに入れた肉片をいつも持ち歩いているひとを知っている。ここぞというときにそれを取り出して道端に置く。あとはしゃがんでじっと見詰めるだけ。あたまがおかしいわけではない。彼は蟻の戦争をみているのだ。肉片を巡って、異なる種族の蟻たちが知力と体力の限りを尽くした戦いを繰り広げる。それは大変エキサイティングな光景らしい。「半日くらいあっという間に過ぎちゃいます」と教えられた。だが、それを見下ろす視点は神のものではないか。羨《うらや》ましいような怖いような気分になる。ポケットの肉片ひとつで、彼はもうひとつの世界をつくることができるのだ。

文庫本や肉片カプセルは、いずれも世界の切り替えスイッチの役目を果たす。前者の一般性に対して、後者は特殊なものに思えるが、その分本人にとっての効力は大きいのだろう。それに本だって読む習慣のないひとにとっては単なる紙の束にすぎない。

切り替えスイッチはまた、かたちのあるものばかりとは限らない。以前、デザイナーの友人と一緒に電車に乗っていたときのこと。ふと気づくと、彼女が車内の広告をじっと見詰めている。その様子が余りに真剣だったので、私も読んでみたが、どうみても単なる雑誌広告だ。平凡な内容のどこが彼女をそんなに惹きつけているのか、全くわからない。怪訝《けげん》な気持ちになって尋ねてみると、「ああ、フォント」という答。一瞬、何を云われたのか、理解できない。

さらに説明を求めると、その広告の文章は特殊なフォントの組み合わせでデザインされているのだ、という。つまり、彼女は広告の内容ではなくて、文字そのものをみていたのだ。この場合、「デザインやフォントについての知識と関心」が、かたちのない切り替えスイッチということになる。だが、いくら種明かしをされても、そのスイッチを持たない私には同じ世界を体感することは不可能なのだ。

測量が趣味というひとに出会ったこともある。全く個人的な行為として、専門の機材を担いで全国各地を測り回っているらしい。「でも、もう、地図ってありますよね。日本中どこのでも……」とおそるおそる尋ねると、「ええ、でも市販のものは案外狂ってるんですよ」とにっこりされた。その目には彼だけの日本地図が映っているのだ。

効果的な切り替えスイッチを数多く持っていればいるほど、私たちは多次元世界を生きることが可能になる。その観点から、インターネットとその入口としてのパソコンや携帯電話は強力だが、強力過ぎて結局どこへも行けないというか、逆にこの世界に縛りつけられているような感覚が生まれるのは何故だろう。結局はこれもスキルの問題で、凄腕のハッカーならヴァーチャルな多次元を生々しく渡り歩く感覚を味わえるのかもしれない。

このように自らの資質や能力や嗜好《しこう》の壁に阻《はば》まれることは多い。絶対音感をもつひとには世界が違って「きこえる」らしい。また共感覚の持ち主は味覚に色がついているとか。味わってみたいけど、自分には無理だ。

そんな私の持っている殆ど唯一のスイッチが短歌である。失恋しても親が死んでも虫歯になっても、どんなに辛い目にあっても、それを五七五七七のかたちにすることで元がとれる（と思うことができる）世界の逆転スイッチ。短歌をつくるひとの集団である結社の数が全国に数百。そのひとつひとつに数人から数千人の歌人が所属している。短歌スイッチを持つ者たちの透明なネットワークだ。また千数百年前から続く詩型としての、無数の死者たちとの繋がり、さらには天皇制という日本史を貫くシステムとの結びつき。『君が代』の歌詞は五七五七七であり、正月の歌会始では皇族も国民も短歌を詠《よ》む。いずれも確かにこの合理的な現代社会の出来事でありながら、微妙にズレたもうひとつの世界がオーバーラップして息づいているように感覚される。そう考えると、手のなかのスイッチの制御不能なポテンシャルに怖さも覚える。だが、世界の切り替えスイッチとは、たぶん突き詰めれば全てがそういうものなのだ。

他人の絆

知人が本屋のレジで働いていたときのこと。或る日、和服姿のおそろしく綺麗な女がやってきて、「この店でいちばんエロい本をください」と云ったそうだ。いきなりの異様なリクエストに驚いて、彼が反応できずにいると、「いちばんエロい本をもってこいって云ってるんだよ！」と怒鳴《どな》られた。店内のお客さんが振り向くほどの大声にびびって、思わず周囲をみると、女の背後にはどうみても堅気ではない怖いお兄さんたちが何人も従っているではないか。

彼らのやりとりなどからやがて判明したところでは、どうやら女はヤクザの情婦で、刑務所にいる自分の男への差し入れとして、「いちばんエロい本」を買いに来たということらしかった。

「で、どうしたの？」と私は尋ねた。

「いちばんエロい本って云われてもわからないから、ちょっとずつジャンルの違うのを何冊かお薦めしたら、全部買ってくれました」と彼は云った。

「でも、刑務所にエロ本の差し入れなんてできるのかなあ」

「それは、わからないけど」

うーん、と思う。凄い話だ。そんな用件なら手下の男たちを使いに出してもいい筈なのに、自分の男のために彼女が自ら出向いてくる。「いちばんエロい本」をみつけるために。それってやっぱり愛情なんじゃないか。

しかし、私だったら自分の女が選んで差し入れてくれたエロ本には興奮できないんじゃないかなあ。いや、そういうひ弱な人間には、そこまでハードな絆はそもそも生まれないのだろう。まあ、私だけじゃなくて殆どの人間は無縁だと思うけど。でも、そんな話をきくと、選ばれた男女のぎりぎり感に羨ましさも覚える。

結局のところ、人間は自らの気質や行動パターンによって、生息域や他者との関係性を決定づけられる存在だと思う。私の場合だと飲み屋、パチンコ屋、カラオケ屋、キャバクラなどには足を踏み入れないので、それらの世界のことは何もわからない。それが残念とも特には思わない。にも拘《かか》わらず、不思議なことに自分が近づけない絆の方には憧れを感じるのだ。

以前勤めていた会社の後輩に、ちょっといいなと思う女性がいた。残業を終えて帰り支度をしている彼女に「これから帰って何するの」と訊いたことがある。

「釣りです」

えっ、と思う。既に九時を過ぎているのだ。彼女の自宅の最寄り駅に着いたときには、時計の針は十時を回っているだろう。それから釣り？

「釣りが好きなの？」

「いえ、なんとなく。彼があたしの車で駅まで迎えに来てくれるんで、それから近くの海に釣りにいくのが習慣なんです」

どうもよくわからない。さらに話をきいたところ、実家住まいの彼女の部屋に恋人が転がり込んで住み着いているらしい。しかも男は無職。そんなことが可能なのか。だが、穏やかな性格の彼は家族ともうまくやっていて、とりあえずの仕事は最寄り駅までの全員の送り迎えなのだ。

毎朝、彼女はお弁当をふたつ作る。大きい方を彼に渡して、小さい方を自分の鞄に入れて会社へ。お昼に彼女は自席で弁当（小）を食べ、同じ頃、彼は近くの公園で弁当（大）を食べている。そして夜は一緒に釣り。

彼女的にはそれでいいのかなあ、と思ったけど他人の絆に口は出せない。私はちゃんと毎日会社で働いてるのに。でも、無職の状態で恋人の実家に住み着いたり、家族の送り迎えをしたり、などとてもできない。夜釣りなんてセンスもない。結局、私には踏み込めない領域なのだ、と感じつつ、悔し紛れに訊いてみた。

「彼のことが好きなんだね」

「まあ。禿《は》げですけど」

嗚呼《ああ》。なんて男前な女の子なんだ。スーツ姿の彼女が穏やかな禿げと並んで、ぼんやり夜の水をみているところを思い浮かべる。いいなあ。

一九八三年の涙

私は一九八一年に北海道大学に入って翌年退学、八三年に上智大学に再入学した。それから既に四半世紀が経ったことになる。知り合いの若者たちに向かって、八〇年代の昔話をしているとき、当時の感覚をなかなか理解して貰《もら》えなくて困ることがある。例えば、渋谷のパルコでメンズビギの洋服を買うとき、めちゃめちゃ緊張したとか、ハウスマヌカン（店員さんのこと）のレーザービームのような視線が怖くて、コム・デ・ギャルソンには足を踏み入れることができなかったとか、どう説明しても、うまく伝わらない。「だって、こっちがお客なんでしょう」と云われてしまう。その通り。びくびくしながら、お金を払うんです。

それ以外にも、大宮ナンバーが恥ずかしくて自分の車を大学の前に駐車できなかったとか、根暗が罪だったとか、数え上げれば切りがないのだが、どう語っても、「なんでそんなに見栄っ張りでハイテンションで阿呆《あほ》だったんですか」って話になってしまう。ほんとに、どうしてなんだろう。今となっては、自分にもよくわからない。でも、みんながそうだったのだ。

確かに云えるのは、当時はそれが全員参加のゲームに思えていたってことくらいか。なんだか、わけがわからないうちにその場に立たされて、参加しないわけにはいかなかったのだ。

今も覚えているのは、上智大学に入って最初に出席した飲み会でのこと。たまたま隣の席に座ったのが可愛い女の子だったので、嬉しい気分で話していたのだが、途中からこんなやり取りになった。

ほ「家はどこなの？」
女「自由が丘」
ほ「あ、じゃ、渋谷乗り換えだね」
女「うん。ほむらくんは？」
ほ「草加」
女「ソーカって……」
ほ「埼玉の」
女「ええーっ、可哀想」

「可哀想」と叫んで私をみた女の子の目には本当に涙が浮かんでいた。彼女に同調するように周囲の女子たちも同情の眼差しをこちらに向けている。きらきら。うるうる。きらきら。確かに、お酒が入ってはいただろう。しかし、だからこそ本当の気持ちが素直に溢《あふ》れたとも云える。

私は怯んだ。その瞬間まで、自分がそんなに「可哀想」だなんて知らなかったのだ。これは防御不可能な攻撃だ、と直観する。どう受けろというのか。

僕は別に「可哀想」じゃないとか、そんな反応は失礼だとか、テレビや雑誌によって君たちはくだらない価値観を刷り込まれているとか、クラスメートになりたての女の子たちに反論したところで、一体どうなるだろう。向こうには何の悪意もないのだ。「可哀想」な上に「変」なひと、と思われるだけだ。

気づけば、いつの間にかまわしを締められて、土俵に上げられて、相撲を取らないと許されない状況になっている。僕は相撲取りたくないですから、と云えるような雰囲気ではない。そんな選択は人間としてあり得ないのだ。

これが何十倍にも増幅されたのが「戦争」なんじゃないの、とふと思う。こわい、こわいね、おじいちゃん、と心のなかで亡き祖父に問いかけながら、私はきらきらの涙目に向かって必死に言葉を探していた。まったなし。

ぐちゃぐちゃの団子時間

テレビの画面にどこかの住宅地が映ると、じっとみてしまう。何かの事件か事故の現場らしい。でも、私はそのニュースに関心があるわけではない。ただ自分の知らない住宅地の映像がみたいのだ。

アスファルトの道路と駐車場と並んだ家。この感じはよく知っている、と思う。私が普段肉眼でみているのと何も変わらない。事件の現場が千葉でも宇都宮でも松山でも福岡でも、殆ど同じ景色にみえる。ということは、やっぱりどこもこうなのか。みんなもこの感じの道を歩いてこの感じの家で暮らしているのか。

「テレビのなかの道路や駐車場や家」が私の知っている道路や駐車場や家とそっくりなことに対して感じる、この妙な気分はなんだろう。みんなもこの感じの道を歩いてこの感じの家で……、心のどこかではやっぱりと思いつつ、同時に訝しい。

千円札をじっとみてしまうこともある。何かすっきりしない質感とデザイン。現実の退屈さを象徴しているようだ。岸恵子や山口淑子や三國連太郎も、本当にこのもっさりしたお札を使って買い物をしているのか。私の知っているあの感じのアスファルトを踏んで、あの感じのコンビニに入って、このお札で買い物をするのだろうか。実際にみてみたいと思う。

　昔から電話を切るまえに「今から何するの」と訊く癖があった。電話を切ったあとのひとりの時間をそのひとがどんな風に過ごすのか、気になるのだ。ハーブティーを飲んだりするんだろうか。どんなカップで。どんな椅子で。どんな恰好で。

「ほむらさんは何するの」と逆に訊き返されて言葉に詰まる。何をするんだろう。私の時間はよくわからないぐちゃぐちゃの団子のように過ぎてしまう。でも、「ぐちゃぐちゃの団子」と答えたら驚かれるだろう。

　みんなはどんな場所でどんな風に生きているのか。灯のついた部屋のなかで何をしているのか。それがわからないというかぴんとこないのは私がひとりっ子だからなのか。

　先日、友達がこんなことを云っていた。

「あたしは家では食べてるときと家事をしてるときと外出前の支度をしてるとき以外は、基本的にいつも横になっているのね。テレビをみるのも本を読むのもメールを打つのも寝そべったまま。みんなもそうかと思っていたら、そうでもないことが結婚して初めてわかったの。彼はほとんど横にならない。座ってる」

この感覚はわかる。私も大抵くたっと横になっている。ただ彼女のように「みんなもそう」とは思わない。みんなはどうしてるんだろう、と気になる。監視カメラでその様子を確認して「座ってる!」と驚きたい。でも、それは無理だから代わりにテレビのなかの住宅地をじっとみて、電話を切る前に「今から何するの」と尋ねる。

そんな私は映画のなかの男がひとりで何かを実行するシーンをみつめてしまう。手袋を嵌《は》めて、車のキーを鳴らして、エンジンをかけて、夜の森を抜けて、車を駐《と》めて、高い塀を乗り越えて、犬を薬で眠らせて、ひとを殺して、隠れ家に戻って、シャワーを浴びて、タオルで髪を拭いているとき、自分の犯したミスに気づいて、それを取り戻すために、再び手袋を嵌めて、夜のなかへ……。

なんて美しい時間なんだろう。全然、「ぐちゃぐちゃの団子」じゃない。「彼」のようになりたいと思う。熱くて透明な時間を生きたいのだ。

何度もシーンを巻き戻して繰り返しみる。平板な景色やもっさりしたお札やすぐに寝転んでしまう性格やぐちゃぐちゃの団子時間を超越する方法を探るために。

でも、とふと思う。これは映画だからな。もしかして「彼」も現実の世界では、あの感じのアスファルトを踏んで、私とおんなじお札を使って、だるく寝そべって、団子時間を過ごしていたらどうしよう。

サンタの記憶

夜なのに幼稚園にいたのは、クリスマスだったからだろうか。

たーちゃんもゾゾもしのざきえみこちゃんも僕も、ちり紙のお花と色紙の輪っかの飾られたお部屋に集まって三角座りをしていた。

クリスマス、クリスマス、クリスマスってなんだろう。

いつものように爪を噛《か》んでいると、どこからか不思議な音がきこえてきた。

しゃんしゃんしゃんしゃんしゃんしゃんしゃんしゃん。

鈴の音？

少しずつ大きくなって、不意に止まった。

すると、お部屋の戸が開いて、赤い服に白いお髭《ひげ》のお爺《じい》さんが入ってきた。

部屋中がしーんとする。

（サンタさんだ）

たーちゃんもゾゾもしのざきえみこちゃんも目を丸くしている。

いわしたすみこ先生がマイクをもってサンタさんに話しかける。

「こんばんは」

でも、サンタさんの声はきこえない。

「にほんご、わかんないんだ」とたーちゃんが囁《ささや》いた。

「うん」と僕は頷いた。

「サンタさんてなに人？」としのざきえみこちゃんが訊いた。

「わかんない」とたーちゃんが囁いた。

「うちゅう人？」とゾゾが訊いた。

「わかんない」と僕は囁いた。

しゅーしゅー声で話しながら、その間も僕の目は白いお髭のお爺さんに釘付《くぎづ》けだ。

「トナカイの橇《そり》でお空から来たそうです」

「プレゼントをもってきてくれたそうです」

「みんながいい子だからだそうです」

いわしたすみこ先生はひとりで喋《しゃべ》っている。
変なの。
あ、でも、サンタさんがうんうんと頷いた。
ああ、頷いている。
サンタさん。
それから、お髭のお爺さんはゆっくりと手をあげてお部屋から出ていった。
しゃんしゃんしゃんしゃんしゃんしゃんしゃんしゃん。
鈴の音が少しずつ遠ざかって、やがて、消えた。

「さあ、みんな、プレゼントですよ」

それから、たくさんの包みが配られたけど、嘘だってわかってた。
これ、先生たちが買ったんでしょう。
サンタさんはこんなの持ってこないよ。
サンタさんは何にも持ってこない。
さっき本人をみてわかったんだ。

煙突から入ってくるというのも嘘。
サンタさんは家になんて来ない。
日本語も喋れないし、道もわからない。
よちよち歩きだし、もごもごしゃべりだし、　あたまもあんまり良くないみたい。
それなのに今夜、ここに来てくれたんだ！
すごい。
クリスマスって。
クリスマスありがとう。
次の年のクリスマス、サンタさんは幼稚園に来なかった。
次の次の年も、やっぱり来なかったらしい。
それからたくさんの時間が経った。
たーちゃんは学校の先生になった。
しのざきえみこちゃんは僕と結婚しなかった。
ゾゾは……、ゾゾって誰だっけ。
トナカイの鈴の音をあれからきいたことがない。
たぶんもう二度ときくことはないんだろう。
そして、今年のクリスマスがやってきた。

メリークリスマス。
クリスマスおめでとう。

未来が邪魔をする

寝不足って本当はどれくらい苦しいのかなあ、と思うことがある。

「どれくらいって、ほむらさん、寝不足になったことないの？」

「ある」

「じゃあ、自分でわかるでしょう？」


それがよくわからないのだ。私も寝不足になったことはある。会社に行きながら原稿を書いていた頃は毎日が寝不足だった。でも、私のなかに残っているのは寝不足が苦しかったというよりも、寝不足が怖かったという記憶ばかりなのだ。(今からすぐ寝ても四時間しか眠れない)(明日は大事な打ち合わせがあるのに)(昨日もあんまり寝てないのに)(眠らなきゃ)(眠らなきゃ)(眠らなきゃ)(なんだか、空が明るくなってないか)(もうこんな時間？)(ああ、今からじゃ二時間しか眠れない)(二時間後には起きて)(ネクタイ締めて)(満員電車に)(怖い)

そのような感覚が強すぎて、実際に翌日どれくらい苦しかったのか、という記憶が妙に曖昧になっている。立っていられないほど辛かった日とか、会議中に起きていられないほど眠かった日もあったとは思うが、実際には年に数回程度のものだったのかもしれない。もしそうなら、現に味わった苦痛に対して怖《おそ》れと不安の方が大き過ぎるではないか。

でも、明日がその「地獄デー」にならないという保証はない。そう思うと、寝不足への怖れは減ることがない。平均するとどれくらい苦しいのか、というデータは、この恐怖の前に意味をなさないのだ。

振り返ると、私は高校生のときから、寝不足を怖れていた。

(今からすぐ寝ても四時間しか眠れない)(明日は体育があるのに)(一五〇〇m走のタイムを計るのに)

翌日の学校で、不安のあまり、トツカくんに話しかけたことがある。トツカくんは野球部で運動神経抜群の男子だ。

ほ「俺、昨日あんま寝てねーんだよ」

ト「まじかよ、やばいじゃん」

ほ「やばいよな」

ト「やばいよ」

「俺」とか「やばい」とか、私の本来の性格よりも荒っぽい口調なのは、そんな風に話しかけることで、トッカくんと対等になれるような気がしたのだ。「やばいよ」と云われてなんだか嬉しくなった私は、少しだけ本音を洩《も》らしてみた。

ほ「一五〇〇あると思うと、夜、蒲団のなかで眠らなきゃって焦ったよ」
ト「まじかよ」
ほ「トッカくん、思わない？」
ト「何を」
ほ「明日一五〇〇だから眠らなきゃやばいとか」
ト「それは思ったことねーな」

そうか、と思う。やっぱりトッカくんは思わないんだ。勿論《もちろん》、トッカくんだって寝不足に苦しむことはあるだろう。でも、そんなときも「もう滅茶苦茶だるくて、眠りながら走ったよ」と云う彼の様子が想像できる。それは現場の等身大の苦しみだ。寝不足の辛さをその場でちゃんと味わえるトッカくんの姿に眩《まぶ》しさを感じる。彼はそのだるさを記憶できるだろう。だからこそ、実際以上に怖れることもないのだ。

このような負の出来事とは逆のケースもある。例えば、目の前に何品ものおかずが並んでいるようなとき。そのなかでいちばん好きなものをどのタイミングで食べるべきか、私は迷いに迷う。そして、そろそろかな、という瞬間に箸を伸ばす。だが、何故かその美味《おい》しさを完全に味わえている気がしない。妙にふわふわと呆気《あっけ》ないのだ。おそらくは「どのタイミングで」とか「迷いに迷って」とか「そろそろかな」という感覚こそが、逆に現場の等身大の美味しさを壊してしまうのだろう。

寝不足もおかずの食べ方も同じことではないか。未来への大き過ぎる怖れや期待に邪魔されて、私は「今」の苦しみや美味しさを充分に味わうことができない。

これがトツカくんなら、「タイミング」とか「迷い」とか「そろそろ」に邪魔されることなく、いちばん好きなおかずを食べることができるだろう。それがいつなのかは問題ではない。いつであろうと「今」は「今」なのだ。

永久保存用

机の上の万年筆がころころと転がって、あっ、と手を出したときにはもう遅い。カシッと乾いた音を立てて床に落ちていた。拾い上げてみると、アルミ製のキャップの一部がうっすらと凹んでいる。

ああっ、と思う。ラミー社の万年筆はマリオ・ベリーニがデザインしたペルソナというタイプで、もう生産中止になっている。なくなるという噂をきいてから、慌てて文房具屋を数軒回って手に入れたものだ。私は生産中止や廃盤や限定という言葉に弱い。現行品にはないカラーリング、とか云われると、むきーっとなる。

万年筆の凹みをみつめて、どきどきする胸をなだめながら、いい感じに味が出た、と思おうとする。私は以前から雑誌などの「私の愛用品」とか「長年使って味が出た持ち物」などのページを読むのが好きだった。飴色に変わった革の小銭入れや擦《こす》れたブーツや剝げたライターなんかをみては、恰好いいなあ、この年月が感じられるところが渋い、などと思っていたのだ。

だが、実際に自分の万年筆が凹んでみると、何故かそういう気持ちにならない。やっぱり、この凹みはない方がいいよ。もう一本買っておけばよかった、と後悔。そっちを保存用にしておけば、安心してこれは味と思えたのに。

でも、とふと思う。もう一本あろうがなかろうが、この凹みが消えるわけではない。状況は何も変わらない。なのに、どうして保存用が別にあったら、これは味と思えるんだろう。わからない。けど、わかる。弱虫。

その後、或るところでマニアのひとが、自分のコレクションについて、必ず三つずつ購入する、と云っているのを読んだ。使う用、予備、永久保存用、とのことだ。使う用と永久保存用はわかるけど、予備ってどういう位置づけなんだ、などと思いながら、なんだかほっとする。仲間をみつけた安心感だ。

そんな或る日、雑誌で私がやっている短歌コーナーに、こんな歌が送られてきた。

どうせ死ぬ　こんなオシャレな雑貨やらインテリアやら永遠めいて　陣崎草子

一読して、どきっとする。いい歌だ。「どうせ死ぬ」とは、自分自身に向けられた言葉だろう。即ち《すなわ》、私はどうせ死ぬ。にも拘わらず、そんな私の周囲を「オシャレな雑貨やらインテリアやら」がぎっしりと取り囲んでいるのだ。その様子を「永遠めいて」と表現したのが鋭い。

「永遠めいた表情の『雑貨』や『インテリア』は、その『オシャレ』さで私たちを騙して真の永遠から遠ざけてしまう。『どうせ死ぬ』と腹を括《くく》ることで、初めて一瞬という名の永遠に触れる可能性が生まれるのかもしれません」

そんな選評を書きながら、後ろめたい気持ちが込み上げてくる。何故なら、そういう自分自身は全く腹を括れていない。永久保存用の僕、を買いそうな私なのだ。

使う用の他に保存用を求めるのは、永遠めいたモノたちにさらに保険をかけて、永遠そのものにしたい、と願う心だろう。だが、求めれば求めるほど、全身の細胞のひとつひとつに「どうせ死ぬ」が鳴り響き、私は永遠から遠ざかる。逆。逆。逆。逆なのだ。「どうせ死ぬ」のなかにこそ、真の永遠はある。理屈はわかっている。だが……。

我に「どうせ死ぬ」パワーを与えよ。

万年筆の凹みにびくびくしない熱い心を。

蝿とサンドイッチ

目の前のサンドイッチに蝿《はえ》がとまった。

あ、あ、と慌てて手で払う。

ほっとした瞬間、逃げた筈の蝿が平気でまた近づこうとするから、びっくりしてぶんぶん手を振る。

ふ、ふざけるな。

何考えてるんだ。

ちゃんと逃げろ。

それから、ちょっと迷ってから、蝿がとまったようにみえた場所のパンをちぎって皿に置く。

また蝿がこないうちにと思って、急いで残りを口に入れる。

もぐもぐしながら、ちぎったところは合ってたかな、と不安になる。

なにしろ一瞬だったから。

あいつがどこにとまったか、あんまり自信がない。

念のため、もうちょっと大きめにちぎった方がよかったかな。

そう思いながら飲み込むサンドイッチは、ちっともおいしくない。

蝿め。

おかげで僕のサンドイッチタイムが台無しだ。

でも、まあ、ひとりでよかった。

これが女のひとと一緒だったりしたら大変だ。

どう対応すべきか、迷ってしまう。

蝿がとまったっぽいところをちぎってから残りを食べる、っていうのは、なんとなくやりにくい。

ちょっとせこいというか、印象が悪いような気がするのだ。

でも、じゃあ、どうすればいいのか。

わからない。

男らしく平然と食べるべきか。

でも、不潔なひとと思われないだろうか。

実際不潔だよ。

あいつはさっきまで犬のうんこにとまってたのかもしれないんだから。

じゃあ、思い切って、そのひと切れ全体に手をつけないとか。

それなら、スマートじゃないか。

いや、逆に大袈裟《おおげさ》というか、食べ物を大事にしないひとと思われるかも。

うーん。

こういうのはひとによって感じ方が違うからなあ。

かといって、ねえ、蝿がとまったこれ、どうしよう、ってその場で相手に訊くのは最悪だろう。

自分で決めろよ。

嗚呼。

この世の全ての事項について正解って存在するものなのか。

一生懸命考えれば、ちゃんとそこに辿り着けるのか。

他の男のひとたちは、デート中のサンドイッチに蝿がとまったとき、どうしてるんだろう。

「教えて！　ｇｏｏ」で訊いてみようかな。

でも、そんなとき、蝿の奴もどうせとまるんなら彼女のサンドイッチにして欲しいよ。

それなら対応は楽なんだ。

さっと自分の皿と入れ替えてあげれば、その時点で印象アップ。

あとは勢いというか流れのまま、食べても食べなくてもなんとかなるだろう。

どの道を選択しても、こちらの得点がマイナスにまでは落ち込まない筈。

おんなじ蝿とサンドイッチ問題なのに、ひとりかデート中か、自分のサンドイッチか彼女のサンドイッチか、によって難易度に大きな差が出るのがこわい。

蝿本人はこっちのデートとか全然意識してないのに。

運命ってやっぱりあるのかもしれないな。

いや、大丈夫です。

サナエさんはどうぞそちらを召し上がってください。

これは僕がなんとかしますよ。

なにしろ、あいつはさっきまで犬のうんこにとまってたのかもしれませんからね。

くわばらくわばら。

日常の戦線

何人かで宅配のピザを頼んだときのこと。注文したピザが届いて、さあ、食べようという態勢になったとき、S君が云った。

「ちょっと待って」

全員の動きが止まった。S君はピザの表面をじっとみつめている。五秒、十秒、十五秒……。

「はい、OK」

再び時間が流れ出す。「?」と思ったけど、とにかく食べ始める。もぐもぐ。でも、やっぱり不思議だったので尋ねてみた。

「さっき何みてたの?」

「何が?」

「ピザの表面をじーっとみてたじゃん」

「ああ、確かめてたんだよ」

「何を?」

「ぐ」

「ぐ?」

つまり、S君は頼んだピザの具＝トッピングが、ちゃんとメニューに記載されている通りの内容かどうか、チェックしていたのだ。

「万一、変なところがあっても、食べちゃってからじゃ、クレームもつけられないからね」

凄い、と思った。そんなこと考えもしなかったよ。なんとなく、大丈夫だろう、と思い込んでいた。ピザのトッピングってぐちゃぐちゃしててよくわからないし、それにもっと大きな問題もある。わざわざ確かめて、もしも本当に足りないものがあったりしたら、どうするのか。

S君は当然のように「クレーム」と云う言葉を口にした。でも、「クレーム」ってつける方もエネルギーがいるではないか。具の一種類くらい足りなくたって死ぬ訳じゃない。気づかずに食べてしまえば平和なのに、きちんと調べたために戦いが始まる。世界に立ち向かわなくてはならないのだ。戦いとか世界とか、大袈裟だろうか、いや、そんなことはない。立派な戦いだ。

そう云えば、昔読んだ雑誌に、タコヤキにタコが入ってなくて激怒した、という話が載っていた。そのひとは買った場所までわざわざ引き返して、屋台の兄ちゃんに文句を云ったそうだ。うーん、と思う。ピザの具が一種類くらい抜けててもわからないかもしれないけど、タコヤキにタコが無かったら、気づかずにはいられないよなあ。

これはタコヤキだけの問題ではない、とそのひとは書いていた。タコの入ってないタコヤキを許したら社会の底が抜ける、人間同士の信義の問題なのだ、と。熱いひとだ。云ってることも正しい。でもなあ、と思う。屋台のタコヤキ屋さんって、ちょっと怖い雰囲気の人が多いんだよな。

タコヤキのタコが無ければただのヤキだし、ピザもそれ自体が証拠になるから、戦いになってもこちらの正当性を主張することはできる。でも、もっと微妙なところでも、戦うひとは戦うのだ。友人のひとりは、カニピラフで戦ったと云っていた。

「だって、カニピラフを頼んだらカニじゃなくてカニカマが乗ってたんだよ。そんなのカニピラフじゃないよ。カニカマピラフじゃん」

「でも、カニカマって原材料にカニが入ってるんじゃないの？」

「入ってないよ！」

カニカマピラフ……、確かにそうだなあ。しかし、タコ無しのタコヤキなどに比べて、なんというか、こちらは解釈のレベルの戦い（「本当に悪いのはカニが入ってないのにカニカマを名乗っている方だ」とか）になるから一層厳しそうだ。

ピザの具やタコやカニカマを巡って、自らの信念に従って堂々と戦う彼らの姿が眩しく感じられる。いんちきなタコヤキ屋に文句を云うとき、しかし、その厳しさは本質的には自分自身に向けられたものだと思う。「今、ここ」を生きることに対する当事者意識の表れなのだ。

先日、ひとりで入ったレストランで、食べ始めたボルシチのなかに、一本の髪の毛を発見した。しまった（ってなんだ?）と思いつつ、反射的に摘《つま》んで捨てる。僕のかな、と考える。僕のにしてはちょっと長いような気がしたけど、一番長いところはあれくらいあるかな。僕のにしてはなんか茶色っぽかったけど、白髪になりかけかな。もう捨てちゃったからはっきりしないけど、たぶん、僕のかな、と頷きながら食べてしまった。

「今、ここ」を戦場にするもしないも、自分の心ひとつ。でも、戦いを避け続けて、どこまでもどこまでも戦線を後退させていくと、最後にどうなってしまうんだろう。世界の外にはみ出ちゃうんじゃないか。

ちょびちょびマヨネーズ

もしも自分が女性だったら、月に三回だけお化粧をするようなタイプだったんじゃないか、と思うことがある。それは十日に一回ってことじゃなくて、三十日間にランダムに三回だ。

毎日きちんとお化粧をするには気合が足りない。しかし、自分はもうすっぴんで生きる、と腹を括って実行するわけでもない。結果的になんとなく月に三回。その日に特に重要なイベントがあるというわけでもない。ランダムに三回。これは日常のなかのどこに踏みとどまって、どんな風に戦うのかを、自分ではっきりと決められない人間の反応だ。

日常は小さな決断と実行の連続だから、そんな性格の私はいつも曖昧な行動をとり続けることになる。

例えば、シーチキンの缶詰を開けたとき、なんとなく少なめにマヨネーズを出して、よく混ぜないまま食べ始めたりする。最初から充分な量を絞り出して、しっかり混ぜてしまうと、元に戻れない気がして不安なのだ。それを混ぜてしまった瞬間に、自分はこれだけのマヨネーズを体に入れる、という現実が確定してしまう。カロリー的にも健康的にもできればマヨネーズは少ない方がいい。

でも、少なめのマヨネーズをよく混ぜないまま食べるシーチキンはおいしくない。だから、食べながら、ちょっとずつマヨネーズを足してゆくことになる。ちょび、ちょび、ちょび、と何度にも分けて。結果的に最初にしっかり混ぜるよりも多くなっているんじゃないか。でも、確かめようがない。

決断と実行において迷いのないひとをみると、ショックを受ける。もう二十年ほど前になるだろうか。ラジカセを肩に担いで音楽を流しながら歩いている黒人と道ですれちがったことがある。がーんとなった。恰好いい。なんというか、超大型の音だだ漏れウォークマンだ。いや、もともとウォークマンが小型の携帯用消音ラジカセなのか。

とにかく、その頃だって既にウォークマンは存在した。おそらくそのひとは持っていなかったのだろう。でも、音楽は聴きたかった。だから、部屋にあったラジカセを担いで歩き出したのだ。重くないのか。恥ずかしくないのか。それよりも音楽を聴きながら歩きたいという気持ちに素直に従ったということなのか。そのシンプルな決断と実行が眩しい。

数年前、新婚旅行先のホテルに着くなり、妻がスーツケースのなかの服を全部出して、ハンガーに掛け始めたのをみたときも驚いた。

「全部掛けちゃうの？」と訊いて、不思議そうな顔をされる。

「え、だって、じゃあ、どうするの？」

「いや……」

「掛けないと皺《しわ》になるでしょう？」

「うん……」

掛けない方がいい理由は何もない。ただ、服を全部出して掛けてしまうと、そこで新しい現実が確定してしまうようで不安なのだ。

もしも私ひとりだったら、曖昧に二枚くらい出してハンガーに掛けそうだ。その二枚に特別な根拠はない。それは月に三回のランダムな化粧に似ている。スーツケースに入れっぱなしの服は、混ぜないままのマヨネーズだ。

現実を曖昧にそのままにしておきたい。決断と実行を引き受けたくない。全てはそんな心の表れなのだ。だが、その結果、私のシーチキンは常に不味く、マヨネーズの量は増え、洋服はしわしわになって、もっと悪い現実を引き寄せることになる。しかも、何故そんなことになったのか、理由をひとにうまく説明することができない。

何もしなくても時間は流れ、現実は変化して、次々に新しい局面を迎える。それに対してひとは自分なりの決断と実行をもって対応するしかない。わかっている。でも、私がラジカセを担いで歩き出したら、ひと目が気になって、肩が痛くて、音楽なんて全然耳に入ってこないだろう。

心と爪先

編集者のSさんと喫茶店で打ち合わせをしているとき、なんとなく、趣味の話になった。

S「バンドをやってるんです」

ほ「ああ、そうですか。どんなジャンルの？」

S「デスメタルです」

デスメタル？　私には音楽の知識が全くない。ヘビーメタル、スラッシュメタルなら、なんとなく言葉だけきいたことがある。

でも、デスメタルは初めてだ。どんなジャンルだろう。

判らなければ訊けばいい。それはその通りだが、音楽を言葉で表現するって難しい。わざわざ説明して貰って、ぴんとこなかったら、どうしよう。その可能性は高いのだ。

そのとき、いいことを思い出した。

ほ「僕、今日、ドクターマーチンの靴、履いてるんですよ。ほら」
S「あ、ああ、ほんとだ」
以前、音楽好きの友達からきいたことがあったのだ。ドクターマーチンのブーツはバンドマンの憧れだって。
これで話を自然に方向転換できるのではないか。
ほ「ドクマってバンドマン御用達なんですよね」
S「ええ、以前は」
ほ「以前？」
S「ええ」
ほ「今は違うの？」
S「ええ」
ほ「どうして？」
S「鉄板を抜いたからです」

テッパンヲヌイタ？　きょとんとしていると、Sさんが説明してくれた。

それによると、或るときから、ドクターマーチンは材料費削減のために、爪先の補強用に入れていた鉄板を抜いたらしい。

それがどうも一種の裏切りというか、心を売った行為とみなされて、バンドマンたちの支持を失ったというのだ。

S「だって、爪先が、ふにゃふにゃなんですよ」

どきっとする。その言葉が胸に刺さるようだ。

なんだか、自分が「ふにゃふにゃ野郎」になった気がする。突き出していた足を、私はそっとテーブルの下に引っ込めた。

工事現場で働くひとが履くような本物の安全靴とは違うんだから、ブーツの爪先に鉄板があってもなくても、現実的には何の問題もないだろう。むしろ、軽くなっていいんじゃないか。

でも、それを口にすることはできない。

ブーツの爪先の鉄板は、純粋にメンタルな次元の問題。つまり、心の証。だからこそ、大切であり、拘《こだわ》る人は拘るのだ。

ほ「じゃ、Sさんが今履いてるのは……」
S「レッドウイングです」
ほ「それは鉄板が……」
S「入ってます」
ほ「ということは爪先が……」
S「硬いです」

実際に触らせて貰ったレッドウイングの爪先はコチコチだった。
「ぎゅーってやっていいですよ」とSさんは云った。

スピーチ

スピーチの順番を待っている間、ずっと落ち着かない。

手の先が氷のように冷たくなって、食べ物を口に運んでも味がしない。誰かに話しかけられても、相手の姿が口パクにみえる。極度の緊張に、体温や味覚や思考までもが支配されてしまったのだ。人間って凄い。って感心してる場合じゃないよ。

スピーチ、とんでもないことにならなきゃいいが。でも、とんでもないってどんなことか具体的に想像できない。こういうときこそ危ないのだ。練習だ。練習あるのみ。心の中でやってみよう。

ヨシノリくん、カナエさん、ご結婚おめでとう。

あれ？　ノリヨシだっけ？　ヨシノリでいいんだよな。ノリヨシ、ヨシノリ、ノリヨシ、うーん。普段スガちんって呼んでるからなあ。長年の友人である新郎の名前を間違える。とんでもないこと・その一だ。

ヨシノリ、ノリヨシ、ヨシノリ……。ああなんかだんだんどんどんわからない。怖い。逃げたい。どうしてこんなに怖いのか。失敗したくないからだ。失敗って何？

わからない。

では、成功って何？ 今日ここに来る途中で偶然出逢った小さな出来事から語り始めて場の雰囲気をほぐしてから上品なユーモアを交えて笑いをとりつつ徐々に盛り上げて終盤に大きな山場をつくって新婦をちょっと涙ぐませて感動の最高点に達した瞬間にしゅぱっと爽やかに終わって素敵なひとだなあという皆の視線を浴びながら静かに自分の席に戻る、ことだ。うわー、無理だ。怖い。怖いよ。

わかった。成功のイメージが高いところにあり過ぎるんだ。期待値を下げよう。無理な望みをどんどん捨てていこう。そうすれば怖さも減っていく。

「偶然出逢った小さな出来事」を捨て「場の雰囲気をほぐす」を捨て「笑い」を捨て「山場」を捨て「新婦の涙」を捨て「感動の最高点」を捨て「しゅぱっ」を捨て「素敵なひとだなあ」を捨てる。

あれ？ 何も残らない。変だな。最後にいちばん大事なことが残る筈なのに。なんだっけ。ええと、「おめでとう。お幸せに」だ。恐怖のあまり、忘れてたよ。

「おめでとう、お幸せに」。でも、それだけではスピーチにならない。単に短すぎるってだけじゃなくて、誰から誰に向けても使えてしまう言葉だからだ。他でもないこの僕が他でもないスガちんとその奥さんになるカナエさんに贈る「おめでとう。お幸せに」ってどんなのだろう。

僕はスガちんの友達だから、彼の魅力をここで発表してみたらどうか。誰に向かって……、それはカナエさんだ。いくら結婚する相手だって知らない一面はあるだろう。それを知ったら嬉しいんじゃないか。

よし、「僕がみたスガちんの素晴らしさをカナエさんに伝える」ことをふたりに贈ろう。あとは全部捨てる。ユーモアも起承転結も御両家の繁栄も考えない。カナエさんの目をみながら、スガちんの凄いところ、優しいところ、びっくりするところ、面白いところ、恰好いいところを語り続けよう。

学生の頃、一緒に歩いていたとき、「ちょっと待ってて」とスガちんがいきなり駆け出したことがあります。え、と思ってみていたら、道端で眠ってるひとを覗《のぞ》き込んでいる。戻ってきた彼に「何してたの?」と訊くと、「ちゃんと息してるかな、と思って」と云ったので、びっくりしました。また別の日には、通りすがりのホームレスのお爺さんに「大将、いつかはありがとね。よく眠れたよ」と敬礼されていました。「誰?」と訊いたら「電話ボックスのひと」と教えてくれました。電話ボックスの中で眠ろうとして寒そうに震えていたので、ドアの下の隙間に新聞紙を詰めてあげたのだそうです。本当に戦争に行ってたようなあんなお爺さんに「大将」って敬礼されるなんて凄いなあ、と思いました。スガちんはカナエさんのことを話すとき、いつもとっても嬉しそうです。

桜

毎年、桜の花が咲きそうになると変に焦る。駅までの道を歩きながら、ああ、そろそろだな、と思って目につく桜たちをちらちら眺める。

いつかはきちんと観なくてはなるまい。

いつにしよう。

今日か、明日か、明後日か。

迷っているうちに、どんどん時間が過ぎてゆく。

焦る。

観に行けばいいのだ。

いつでもいい。

どこでもいい。

一シーズンに一度しかじっくり観ちゃいけないなんて決まりはないんだし、三分咲きには三分咲きの、七分咲きには七分咲きの、満開には満開の、散り際には散り際の良さがあるのだから。

あたまではわかっている。

でも、どうせ観るなら「最高の桜」を捉えたいという気持ちが、変な緊張感をつくりだしているようだ。

私は桜に特別な思い入れがあるわけではない。

だから、「最高の桜」とは本当は「最高の今」のことなのだろう。

「最高の今」を捉えたい。

そう願う気持ちの強さが、逆に「今」を生きることから私を遠ざける。

「今」のハードルを上げて、全ての行動を保留にしてしまうのだ。

その結果、ちゃんと桜を観ないうちに春が終わってしまう。

お花見の席でどんちゃん騒ぎをしていた連中よりも、私の方がずっと心のなかで桜のことを考えていたのに。

そう思って悔しい。

なんと愚かな春だろう。

観に行けばいいのだ。

いつでもいい。

どこでもいい。

観れば、そのときが私の「今」になる。

いや、桜はまだいい。

来年も咲いてくれるだろう。

チャンスはまたやって来る。

でも、本当に一度しか巡り合えないものもあるのだ。

今、「今」を捉えなければ、このまま死んでいくことになる。

今、「今」を。

そう思い詰めて、反射的に目の前の女性の手を握った夜があった。

さっと引っ込められてしまう。

えええええ。

「今」が、逃げた。

呆然。

今ならわかる。

自分だけの勝手な「今」でぱんぱんになった私の目が、どんなに不気味だったか。

それは逃げるだろう。

お花見の席でどんちゃん騒ぎをしながら、でも、その最中にさり気なく上着をかけてくれるような男の方がいいに決まっている。

「お花見って実は寒いよね」なんて云いながら。
ふたりは一緒に花びらを浴びる。
むきー。
でも、だって、じゃあ、どうすればいいのだ。
何もしなければ「今」は摑めない。
摑もうとすれば「今」は逃げる。
どうすれば。
練習か。
練習しよう。
まず、さり気なく桜の下を歩いてみる。
なるべく今を「今」と意識しないように。
お花見じゃないよ。
これは散歩。
ただの散歩。
今を意識しないで歩くとき、そのひとは「今」のなかにいる。
風に散った桜の一片が髪に乗るかもしれない。
そのことに彼は気づかない。

素敵。
ああ、でも、やっぱり駄目。
だって、気づかなくちゃしょうがない。
私は思いっきり感じたいのだ。
乗った乗った僕の髪に今、「今」が、って。

「キバ」「キバ」とふたり八重歯をむき出せば花降りかかる髪に背中に　穂村弘

体調

どうして体調の良い日と悪い日があるのだろう。風邪とか二日酔いとか、それなりの理由があるならわかる。でも、そうでなければ、同じ人間が同じように暮らしているのに昨日と今日で明らかに体調が違うのは変ではないか。

今日は体調が悪い。肩と背中がばんばんに凝っていて、目の奥が痛くて、無理に本などを読もうとすると吐き気が込み上げてくる。胃もどんよりと重い。思い当たる原因は特になし。何にも体に悪いことしてないのに、と思って納得がいかない。

体調が悪いとき、無理やり活動を始めれば立ち直れることがある。動いているうちに、だんだんエンジンがかかってくるのだ。経験的にそうなることが多いのはわかっている。でも、決して嬉しい対処法ではない。

会社員だったときは、基本的にそれしか選択肢がなかった。家を出て無理やり動き出してみて持ち直せば良し。やっぱり駄目だったら、そこで初めて本当にアウトだということがはっきりする。

それから先はもう知ったことではない。だって、駅のベンチではあはあ喘《あえ》いでて、目が霞《かす》んでて、体に力が入らなくて、ネクタイにげろがついてるんだから。そんなとき、変に自由な気分になる。本当にアウトだ。ははははは。ざまあみろ。今考えると、選択肢がないのは或る意味で気が楽だった。辛いのは選べるとき、そして、そのなかで絶対に最善の結果を出さなくてはいけないときだ。

先月、或る雑誌の企画で海外へ取材に行った。ところが行きの飛行機のなかからもう体調が悪い。現地のホテルについても全く何も食べることができない。肩こりと頭痛と腹痛が連動して、小さな吐き気が絶え間なく襲ってくる。とりあえず頭痛薬を飲んでみたが、頭がぼんやりしただけ。薬のせいでますます胃が痛い。とても動ける状態ではない。

しかし、出版社に旅費を出して貰って、ずっとホテルで寝ていましたではすまない。無理やり起きなくては。カメラマンや編集者と共に最初の取材地に向かうのは二時間後だ。その二時間をどう使えば少しでも体調が良くなるか。自分で考えて選ばなくてはいけない。

A ぎりぎりまで横になって眠る
B お風呂に浸かりながらぱんぱんに固まっている肩にシャワーを当てる
C お風呂の後で眠る

これくらいしか思いつかない。そして、どれが最善かわからない。何十年も使っている自分の体なのに、その間に何度も体調不良を経験しているのに、打つべき手がわからないのはどうしてだろう。

Aの「ぎりぎりまで横になって眠る」を選択すると、すぐに寝つけなかったときに焦るだろう。ああ、持ち時間がどんどん短くなると思って、ますます目が冴《さ》えてしまう。

とりあえず、お風呂に浸かることにして、あとはBにするかCにするか、様子をみて考えよう。浴槽に浸かって肩にシャワーを当てながら、頼む、頼む、頼む、頼む、と唱え続ける。頼むから動けるくらいまで回復してくれ。頭のなかで自分のためにかかった交通費と宿泊費を計算して怖くなる。顔が歪《ゆが》むほど不安で苦しい。

でも、こんなのって全然普通の大変さなんだ。戦争に行ったり、食べ物がなかったり、何千倍も苦しいひとがいたんだ。今もいるんだ。そう思ってぐらぐらする。私はこの普通の大変さにも充分負けそうなのに。

他のひとはどうなんだろう。みんなも普通の大変さの地獄を味わっているのか。私がそうしていたように、会社のトイレで震えながら十分だけ休んでいるのか。

でも、テレビや雑誌をみていても、そんな感じは全然しない。普通の大変さがどうなっているのかは、美味しい食べ物や綺麗な服や芸能人のニュースなんかよりずっと重要な情報なのに、何故かメディアから消し去られているのだ。

だから、テレビのなかのアナウンサーの目が腫れぼったかったり、充血していたりすると、ほっとする。なんだか嬉しい。

お天気お姉さんが腋の下から体温計をしゅっと抜き出して「今日の体温は三十八度八分、ふらふらです。でも、仕事だから頑張ります。もしも、あたしが倒れたら、明日のお天気はあなたが自分で空を見上げて予想してね」と云ったら、どんなにときめくことだろう。

トイレのドア

トイレのドアをノックするのが恥ずかしい。

どうしてだろう。

ノックしないと、なかにひとが入ってるか入ってないかわからない。

でも、トントンとドアを叩くのがこわいのだ。

トイレの前で、くるっと店内を見回す。

大体みんな席にいるようだ。

あそこに荷物だけの椅子があるけど、席を立ってるんじゃなくて、隣のひとが持ち物を置いてるだけだよな。

ということは、今、このトイレは空っぽである確率が高い。

よし。

ノックをしないで、そーっとノブを引いてみる。

開いた。

ほっ。

さっと入って鍵をかける。

よかった。

でも、そううまくはいかないこともある。

そーっとノブを引いたとたん、がっ、という手応え。

入ってる！

このドアの向こうに誰かいるんだ。

お尻を出して。

逃げなきゃ、と思う。

ちゃんとノックをしていれば、なかのひとが出てくるまで、その場で待っていることができたろう。

でも、私はいきなりドアを開けようとした。

出てきたひとは、俺が、あたしが、お尻を出しているときにドアを開けようとしたのはこいつか、という目で私をみるだろう。

こわい。

足音をたてないようにして、素早く自分の席に逃げ帰る。

携帯電話をみていた友達が顔を上げて、不思議そうに云う。

「あれ？　はやいね」

私はさり気なく答える。

「う、うん、誰か入ってたから」

友達は、ああそう、と頷く。

私は席に戻ったばかりという気配を消して、ずっと座っていたような顔をする。

トイレから出てきたひとが、犯人はどいつだ、と店内を見回してもわからないように。

そのまま上の空で友達と話しながら、しばらく我慢する。

トイレが空いたからといって、すぐに立つと、こいつか、さっきの奴は、とばれてしまうから。

そろそろいいかな。

静かに立って、再びトイレに向かう。

近くの席のひとにまた来たと思われないか気にしながら、さり気なく、でも祈るような気持ちで、ノブを引いてみる。

がっ。

ひー。

まただ。

入ってる。

どうして。

逃げなきゃ。

ああ、でも、はやすぎる。

すぐにまた戻ったら、友達に変に思われるだろう。

時間を潰《つぶ》さなきゃ。

仕方なく厨房っぽい空間の方に漂ってゆく。

ウエイトレスに、お客様？　という顔をされながら、なんでもないんですぅ、というオーラを必死に出しながら、その辺りで曖昧に時間をやり過ごす。

トイレからはごそごそ音がきこえてくる。

で、出てくる。

こわくなって、その前を小走りに抜けて席に戻る。

空いてた？　と友達に優しく訊かれて、ん、と小さく答える。

本当のことは云えない。

「じゃあ、そろそろ行こうか」
「ん」

嘘つきの私は喫茶店のドアを押して外へ。
膀胱《ぼうこう》はおしっこで一杯だ。

清潔なトイレに入れた喜びと安堵のあまり抜ける魂

穂村弘

次

テレビ画面に向けたリモコンのボタンを押してゆく。我ながら凄いスピードだ。ケーブルテレビも含めると大変なチャンネル数になるのだが、映し出されたものを瞬時に判断して切り替えてゆく。次、次、次、次、次。

スポーツ番組の場合、野球、ゴルフ、サッカー、ラグビー、相撲、どれも観た瞬間にそれとわかる。メジャーリーグと日本のプロ野球と高校野球の区別にだって迷わない。画面の空気感が違うのだ。ボクシングとキックボクシングかの判断には数秒を要するが、実際に選手が蹴りを出すまで待ってから初めてキックボクシングと気づくわけではない。構えが蹴りを前提としたものかどうかで区別できるのだ。

ドラマについても同様で、時代劇を時代劇と判断するのは一瞬だ。ちょんまげ、はい、次。ホームドラマ、サスペンスドラマ、メロドラマ、刑事ドラマ、恋愛コメディ、やくざもののVシネマ、どれにも迷うことはない。すぐにジャンルがわかってしまう。次、次、次、次、次。

どんどん進めながら、不思議な気分になってくる。どうしてこんなに素早く正しく判断できてしまうんだろう。全てのジャンルに時代劇のちょんまげみたいなはっきりした特徴があるわけじゃないのに。なんというか、画面全体の印象でわかるのだ。役者の表情、間の取り方、カメラのアングル、効果音などを総合した空気感が、ホームドラマとサスペンスドラマとではははっきりと違っている。

このタッチの違いは実際にはもっと細かくて、例えば「NHKの朝の連続テレビ小説」には「NHKの朝の連続テレビ小説」特有の空気感というものがある。或る程度テレビを見慣れているひとなら、誰でも知っていることだ。

でも、と思う。いくらチャンネルを変えても、決して出てこないものがある。それは現実を丸ごと映し出す番組である。テレビのなかに現実がないのは当然だが、しかし、ホームドラマとかサスペンスドラマといった○○ドラマの枠を超えたかたちで、我々の世界の全体を捉えようとした番組が存在しないのは何故なのか。

確かに、ドキュメンタリーというものはある。しかし、そこには各種のドラマと同様の、いや、ときにはそれ以上に厳密なジャンルの決まりごとがあるのだ。ドキュメンタリーだからこそ、落とし所を間違えたくない、という制作側の意識が生み出す強烈なドキュメンタリー臭。だから、一瞬でわかる。ドキュメンタリー、はい、次。

もしも、現実をジャンル化することなく丸ごと表現した番組があったら、リモコンのボタンを押す手は一旦そこで止まるんじゃないか。ジャンルという枠がなければ、中身を観てから意味や価値を判断せざるを得ず、時間がかかると思うのだ。現に現実のダイジェスト版であるニュース番組に対して、自分はそれに近い行動をとっている。だが、本当の意味で枠組みを超えた番組は存在しない。不思議だ。現実とはジャンル化やダイジェスト化しない限り、表現に落とし込めないものなのか。

テレビだけではなくて漫画雑誌なども同じだ。恋愛漫画、野球漫画、推理漫画、料理漫画、将棋漫画、格闘漫画、SF漫画、ギャグ漫画、それらがばらばらにぎっしりと詰まった雑誌を、私たちは少しも混乱することなく読み進むことができる。次、次、次、次、次。でも、そのなかにやはりひとつだけ存在しないものがある。現実と等身大の「全部漫画」だ。

次、次、次、次、次、と全てのチャンネルを一周回っても観たい番組がみつからないとき、仕方なくテレビの電源を消す。リモコンから手を離して立ちあがると、なんだか、ふわふわする。

とりあえず、そんなに溜《た》まってないっぽいおしっこのためにトイレに向かう。電気のスイッチがかたついている。スリッパを踏んで立つ。案の定、ちょろっ、としか出ない。その全てが、テレビのなかにはなかった、こちら側の感覚だ。

それから、部屋の鍵を握って靴を履いて玄関のドアを開ける。そこには、どのテレビ番組よりも、どの漫画よりも、曖昧で地味で捉えどころのない景色が広がっている。

このなかに現実の全てが詰まっているのだ。でも、白っぽくて、どんよりして、ちっともわくわくしない。次、と呟《つぶや》く。何も起こらない。

ふわふわ人間

北大に入学した春、私はワンダーフォーゲル部に入った。せっかく北海道に来たのだから、野山を歩いて、自然と触れ合ってみたいと思ったのだ。だが、現実の山登りは苦しかった。重さ、痛み、疲れ、渇き、暑さ、寒さ、汚さ、日焼け、虫刺され、寝不足、酸欠、寄生虫、ありとあらゆる苦痛の宝庫だ。

初めて登ったとき、最も苦しめられたのは靴擦れである。登山靴の硬い革のせいか、すぐに踵《かかと》の内側が痛み始めた。しばらく我慢して歩き続けて、やっと休憩。慌てて靴を脱ぐ。と、べろっと桃色に剝けている。うわっ、痛そう。っていうか、痛いよ。絆《ばん》創膏《そうこう》を貼るのも痛い。

これが街中なら、すぐにタクシーで家に帰るところだ。でも、ここは山。歩くしかない、しかも、合宿はまだ始まったばかり、これから一週間、登って登って登って登り続けるのだ。くらっとする。でも、どうしようもない。

靴擦れが怖ろしいのは、一歩ごとに苦痛が繰り返すところだ。ざりっ（痛）、ざりっ（痛）、ざりっ（痛）、ざりっ（痛）。自然と触れ合うつもりが、自然に削られている。

　そのとき、目の前に川が現れた。雨による増水で茶色く濁っている。よーし、ここを渉《わた》るぞ、と先輩が云った。え、と思う。こんなとこを桃色に剝けた足で渉ったら、傷口からどんな病原菌が入るかわからない。破傷風になっちゃうよ。

　でも、と思う。先輩に云えるだろうか。あの、僕、靴擦れで、ここ、水が汚くて、病原菌が入るかもしれなくて、破傷風が怖いから、渉れません。

　云えない。云えないよ。そんなこと。眼を瞑《つむ》って川に入る。たちまち靴に水が侵入してくる。足を一歩進めるたびに痛みに加えて病原菌の恐怖。ぐちゅ（痛／怖）、ぐちゅ（痛／怖）、ぐちゅ（痛／怖）。

　二十数年後の今、思い出すだけでもあたまがぼーっとなる。やはり、渉れません、と云うべきだったろうか。それとも、とにかく今こうして生きているのだから、云わなくてよかったのか。だが、苦痛と恐怖に耐えたから成長したという感じは全くしない。

　あのとき、どうして云えなかったんだろう、と考える。現実の状況にどんなに追いつめられても、私はどこかふわふわしていて当事者意識がない。確信をもって他人に意思を伝えることができないのだ。

　以前入院したとき、点滴装置のなかに空気みたいな泡をみつけて、焦ったことがあった。血管に空気が入ると死んじゃうんじゃなかったっけ。ちがったっけ。あっ、あっ、あっ、来る、空気の泡が、看護婦さん。でも、その言葉が声にならない。命が懸かってるのに、恥ずかしくて、自信が無くて、ふわふわして、自分の考えや望みを伝えられない。もしも、あのまま死んでいたら、死にながら激しく後悔しただろう。

これは山登りの先輩や看護婦さんといった他人とのコミュニケーション能力の問題というわけではない、と思う。例えば、私は確信をもって半袖を着ることもできない。今日の天気が半袖に相応しいか、それとも長袖でいいか、わからないのだ。わかるとかわからないとかじゃなくて、自分がどうしたいかでしょう、と云われる。その通り。これは他人には関係のない自分だけの問題。でも、それがよくわからないのです。

特急電車のリクライニング席もそうだ。自分にとって最も快適な背もたれの角度がわからない。ひとつに設定しても、座っているうちにもっといい角度があるように思えてくる。だから乗っている間中、微調整を繰り返してしまう。

そんなふわふわ人間の私は確信犯に憧れる。例えば、密輸をするひと。罪を犯すと決めて、作戦を練って、ここに隠せばみつからないと確信して、自らの運命を懸けて飛行機のゲートを潜《くぐ》る。凄いなあ。どうしてそんなことができるんだろう。そういうひとなら、今日は半袖、背もたれはこの角度って、ぴぴっとくるんだろうな。

先日、若い女性と焼肉を食べたときのこと。

「昔、生のレバーを食べたら寄生虫がいて、それが目に来て、右目が悪くなっちゃったの」

そう云いながら、彼女はレバーの刺身を食べていた。えっ、と思う。大丈夫なの？

「うん、あたし、レバ刺し好きだから」

自分の好きなもの、やりたいことがはっきりわかってて、それを信じて運命に挑めるんだ。そして、酷い目にあっても懲りない。恰好いいなあ。

で、私はというと、その話をきいてから、生のレバーが食べられなくなってしまったのだ。

かゆいところがわからない

かゆいところがわからない

長友

先日、喫茶店でお茶を飲んでいたときのこと。

隣の席の男の子が女の子からラッピングされた小箱を手渡されていた。そうか、と思う。今日は二月十四日か。あんまり関係ないから忘れてたよ。

ちらっと視線を走らせると、宝石でも入っていそうな美しい箱だ。どうみても、恋人から恋人へ贈られる本命チョコレートである。

丁寧にかけられたリボンをほどきながら、彼はとっても嬉《うれ》しそうだ。

「うわあ」

「へへ」

「うまそー」

「ここのトリュフ、とってもおいしいんだって」

「どうもありがとう」

「食べてみる?」

「うん」

「あたしも、ひとつ味見していい？」

「いいよ」

どれにしようかな、と迷いながら選ぶ女の子の指がチョコレートの一粒を摘《つま》み上げたとき、男の子が妙なことを口走った。

「ああ、長友が、食べられちゃう」

へ？　と一瞬思ってから、ああ、そうか、と納得する。

きちんと箱に列《なら》んだトリュフたちの中から選ばれた一粒が、たまたま「左サイドバックのポジション」だったんだろう。彼はサッカーが大好きで、いつもそのことで頭がいっぱいらしい。

ということが、隣で盗み聞きをしている私にはわかる。でも、バレンタイン・モードの女の子には咄嗟《とっさ》に通じそうもない微妙な冗談だ。

案の定、目の前のチョコレートに夢中になっている彼女は、彼の言葉をスルーして、それをぱくっと口に入れてしまった。ああ、「長友」があ。溶けるぅ。

そのとき、女の子がにっこりして云ったのだ。

「インテルの味」

男の子の顔がぱっと明るくなる。

おおっ、と私も思う。

通じてるよ。

負けた。

東大でいちばん馬鹿な人

先日、本郷で妻と食事をした後で、東大の構内を散歩した。春めいてきた夜の空気のなか、何人もの学生たちとすれちがう。そのとき、不意に妻が云《い》った。

「東大でいちばん馬鹿な人になら勝てると思う？」

え、と思う。勝てるって何が、と云いかけてやめる。訊くまでもない。「頭の良さ」だろうな。しかし、と改めて妻の顔をみる。この人、勝ちたかったのか、東大生に。

彼女も私も都内の私立大学を卒業している。受験生の頃、東大に入ろうとしてもとても無理だったろう。しかし、というか、しかも、というか、それはもう私にとっては三十年も前、彼女にとっても二十年前の話なのだ。

あまりにも唐突な質問に、頭のなかがくるくると空回《からまわ》る。

そもそも「頭の良さ」とはいったい何なのか。

誰がどうやって勝ち負けを判断するのか。

「東大でいちばん馬鹿な人」っていったいどこの誰なのか。

などなど、さまざまな疑問が生まれては消える。何からどう云おうか。私の口はぱくぱくと動きかけて、だが、言葉は出てこない。

いや、と思い直す。今ここで、そんな厳密さを求めても仕方がないだろう。

「クララを山に連れて来てもいいでしょう?」と、お医者さんに尋ねたときのハイジのような顔で、妻は私をみつめている。「山のきれいな空気とおいしい山羊のお乳はきっと体にいいわよね? ね、ね、先生そうなんでしょう?」

あのとき、お医者さんは困っていた。私も困った。ハイジ、いい娘だけど、入れないだろう、東大には。私は心を決めた。

「勝てるよ」

ハイジの顔が明るくなった。

エシレ

夜、東京駅の裏の辺りを歩いていたときのこと。

綺麗だけどどこか虚《うつ》ろな目つきの女性が、すれ違いざまに「エシレ、エシレ」と小さく呟《つぶや》いた。

一瞬なんのことか、わからなかった。

それから気づく。

そのとき、私は「ECHIRE」と書かれたバター屋さんの袋をもっていたのだ。

これか。

このバターが好きなのか。

それにしても、お互いに通りすがりなんだから、普通は心のなかで「あ、エシレ」とか思うだけだろう。

不思議なひとだ。

これは想像だけど、たぶん、その夜の彼女は目でみたものがそのまま口から出てしまうくらい疲れていたのだ。

数日後、友人の編集者がツイッターにこんなことを書いていた。

「もう限界。ちょっと気を抜いたら、来客中の応接室にふらーっと入っていって、『私、クリームソーダ飲みたい』って云ってしまいそう」

ははははは、わかる。

本当にいっぱいいっぱいになって、「もう駄目」感が或《あ》るレベルを超えると、もやもやした心の中身が勝手に口から出ていってしまう感じ。

ないだろう、会社にクリームソーダ。

でも、そこまでぎりぎりになってるひとって、なんだか好きだ。


女性作家のNさんも、心が溢《あふ》れてしまったひとりである。

或る夜、ハードな取材を終えて疲れ切った彼女は、タクシーを停めようとしたのだという。

ところが、その日に限って、待っても待ってもなかなか車が通りかからない。

うろうろと彷徨《さまよ》った挙げ句に、やっと「空車」の灯を発見して手を挙げた。

目の前に停まった車のなかに、心からほっとして転がり込みながら、彼女は云った。

「家まで！」

エイリアン・ウオッチ

先日、女性作家のAさんに腕時計を褒《ほ》められた。Aさんとは初対面である。たぶん話の合間に、何となく目に留まったのだろう。だが、「素敵な時計ですね」と云われた私は言葉に詰まってしまった。褒められたのは嬉しい。云いたいことも沢山《たくさん》ある。

例えば「これ、カーデザイナーのジウジアーロのデザインで、『エイリアン2』の中でシガニー・ウィーバーが着けてたものの色違いなんです。元々はオートバイに乗る人用に作られていて、ストップウオッチのボタンが大きいのはグラブを嵌《は》めたまま操作するためなんですよ」とか。

でも、と躊躇《ためら》ってしまったのだ。この説明をきいて、果たしてAさんは面白いだろうか。彼女が時計マニアとかジウジアーロファンとか『エイリアン』好きとかオートバイ乗りならともかく、もしそうじゃなかったら、ただの自慢になってしまう。

そんな怖《おそ》れから、一瞬、あたまの中が白くなった。そして、辛うじて伝えたのは「こ、これ、ボタンが大きいんです」。そんなの誰だってみればわかるよ。

歳をとるにつれて、この種の臆病さが増している。時計だけじゃなくて、好きな音楽とか映画とか本についても、本気で語るということができなくなっているのだ。書評のような仕事は別として、生身の会話では、まあ、好みや考えは人それぞれだからな、とつい思ってしまう。

ところが、一昨日のこと。電車の中で、お爺さんに向かって自分が好きな歌手の魅力を熱心に説明している高校生をみた。どうもたまたま席を譲ったことから二人のやり取りが始まったようだ。言葉だけでなく、彼は実際にイヤホンを渡していた。凄《すご》いなあ。

若者は伝わらないという絶望を味わった経験が少ない、ってことは確かにあるだろう。でも、伝わるか伝わらないか判らなくても、自分が好きなものについて熱く語るってやっぱり大事だ、と思った。

常識

市民マラソンについての記事のなかに、水の飲み過ぎによる棄権者が続出とあって驚いた。ちょっと前まで、運動するときはとにかく水分を摂ることが大事とあんなに云われていたのに。皆それが念頭にあったから、がぶがぶ水を飲んだんじゃないか。もっと昔は、運動部の部活などで、水を飲むな、口を漱《すす》ぐだけにしておけ、と厳命されたものだ。常識が二転三転してついていけない。

そういえば「歯ブラシの正しい使い方」も、私が子供の頃から何度も変わっている。また、牛乳は牛の子供が飲むもので人間の体には合わないという意見を、ここ一年ほどの間に何度も聞いた。かつては、完全な栄養食だから赤ん坊に飲ませるという話だったのに。

常識や正解が覆るのは、健康関連の情報に限ったことではない。例えば、レミングはあの有名な「死の行進」をしないらしいではないか。彼らについて何も知らない私が、ただ一つ持っていた知識が否定されてしまった。じゃあ、レミングってなんなんだ。

それからピラニア。実際のピラニアは人を襲って噛《か》みついたりしないらしい。現地の人々はピラニアのいる川で水浴びをしている、と教えられてショックを受けた。ピラニアといえば、牛や人間をみるみる骨にしてしまう魚じゃなかったんですか。

先日、或る会合の席で私がその話をしたところ、出席者の全員が、ピラニアが凶暴な人食い魚ではないという事実をとっくに知っていた。それどころか、なかの一人はこんなことを云い出した。

「私、ピラニア食べましたよ。案外美味《おい》しかった」

すると、私も、私も、と云う人がいて、なんとその場に居合わせた九人中四人が経験者だったのである。ピラニアに食べられるんじゃなくて食べる……。いつのまにこの世はそんなことになっていたのだ。私の世界はぐんにゃりと歪《ゆが》んだ。

自己申告

先日、鰻屋《うなぎ》に入ったときのこと。食べ終えて会計をしているとき、レジの横にこんな貼《は》り紙があることに気がついた。

本年夏より鰻の値段は上がっておりますが、当店は価格据え置きとさせていただきます。

据え置きならわざわざ断らなくてもいいよ、とは意地悪な感想というものだろう。貼り紙をしたくなる気持ちはわかる。値下げならともかく値上げしないという経営努力をお客に認めてもらうには、これしかなかったのだろう。自己申告しなくてはならないのが辛いところだ。

以前、こんな看板をみたこともある。

この道は本来は私道ですが、皆様のために開放しています。自由に御通行ください。

こちらはもっと辛い。云われなくてもみんな「自由に御通行」しているのだ。でも、仕方ない。価格据え置きの努力は気づいてもらえる可能性がゼロではないが、道となるとまず無理だろう。「ここ、俺の道なんだぞ、みんなもっと感謝して通れ」という心の声がきこえてきそうだ。

若い頃は、こういう自己申告に対して冷ややかな気持ちを抱くことが多かった。でも、歳をとるにつれて、だんだん同情的になってきた。苦しいところだよなあ、もっとさり気なく伝える工夫はないだろうか、と一緒になって考えてしまう。

世の中には、自分が由緒正しい家柄であることや高学歴であることをさり気なく示すのがうまい人がいる。長年の修練によってそうなったのだろう。が、そのさり気なさゆえに、おやっと気づいてしまうのだ。難しい。

こんな短歌を思い出す。

本当の年を言はねばならないよ、見た目の若さを自慢するため　　清水良郎

苦手

「苦手」という言葉が苦手だ。と云いつつ、こんな風につい使いたくなる。弱虫。本当は「苦手」じゃなくて嫌いなんだろう。そうならそうとはっきり云えよ。ああ、そうさ。そのとおり。僕は「苦手」が大嫌い。でも、そう云ったら角が立つじゃないか。みんながみんな僕と同じ意見ってわけじゃない。なかには「苦手」が好きな人だっている。会社の上司が、妻のお父さんが、そうかもしれない。

だから、「苦手」が嫌いな理由を自分のせいっぽくしてみる。最後に「かも」を付ければより完璧だ。僕、「苦手」って言葉がちょっと「苦手かも」。

「正直」も引っ掛かる。「正直あいつの考えはようわからん」の「正直」。昔は「正直なところ」とか「正直云って」とか云っていた。でも、今の「正直」はそれらの単なるショートバージョンとはちがっているようだ。

なんというか、「正直」モードキーをふっと押してしまった感じ。「正直」と一回軽く云っておくことで、その後に続く言葉は自分の責任じゃなくて「正直」モードのせいですよ、というニュアンスになる。

「正直なところ」だと、今から腹を割って話します、という本気宣言になってしまう。それはこわいよ。避けたいよ。

あと、気になるのは「普通に」。「普通においしい」の「普通に」だ。ただの「おいしい」じゃ駄目なのか。駄目なんだ。「普通に」はたぶん昔の「まあまあ」や「悪くない」に相当するのだろう。でも、今「悪くないけど、まあまあってとこかな」などと云ったら「上から目線」と思われそう。正直偉そうと思われるのは苦手。で、「普通においしい」「普通にかわいい」。

社会全体の成熟によって「普通」の水準が上がったってこともあるだろう。今の竹は昔の松。「普通」ならおいしくて、かわいいもんなあ。

「意志」と「意思」

苦手な言葉というものがある。例えば「意志」と「意思」。私の頭の中ではこの二つがごちゃごちゃになってしまって、ちゃんと使い分けることができないのだ。正確には二割くらいしかできない。大丈夫なのは「意志薄弱」や「意思表示」などの場合である。それらは熟語ごと丸暗記しているから、どっちを使えばいいか、間違えることはない。

だが、単独で使おうとすると、突然、頭がもやもやして自信がなくなってしまう。暗い気持ちで辞書を手に取る。今までも「意志」または「意思」を使おうとする度に辞書を引き続けてきたのだ。それなのに未《いま》だに把握できない。

理由はわかっている。それぞれの説明を何度読んでもぴんとこないからだ。何故ぴんとこないのか、それはわからない。子供の頃、近所の友達と「どっちが長く息を止められるか競争」に熱中しすぎて、脳のその部分が死んでしまったのかもしれない。

その次に怪しいのは「志向」と「指向」だ。今使っているワープロ辞書の例文では「平和国家を志向する」「自由貿易を指向する」となっている。ど、どう違うんだろう。

同音異義語以外にも苦手なものがある。「諺《ことわざ》」と「格言」である。何となく違いはわかるのだが、はっきり説明できない。「亭主元気で留守がいい」のように迷ってしまうものもある。両者の間にもやもやゾーンがあるように思えてならない。ちなみにこの場合の正解は「どっちでもない」だ。

半世紀も生きてきて、「意志」と「意思」、「志向」と「指向」、「諺」と「格言」が弱点という自覚があり、何度も辞書を引いているのに、それでもまだ使いこなせない。ということは、これらの言葉について自分は一生もやもやしたまま死んでゆく、って線が濃厚になってきたんじゃないか。いや、待て。そんな風に弱気になっちゃ駄目だ。大切なのはいいしなんだ。

漁師のプリン

先日、銚子に行ったときのこと。海の匂いを嗅ぎながら、いい気分でふらふらと散歩をしていると、こんな看板が目に入った。

「漁師のプリン！」

ん？　と思う。よくみると、ひとつではない。辺りには幾つも同様の看板が並んでいた。

「漁師のプリン！」
「漁師のプリン！」
「漁師のプリン！」
「漁師のプリン！」

一体なんなんだろう。荒波の上で船を操りながら、海の男がふるふる震えるプリンを守っている。ときどき、小さなスプーンで大事そうに口に運ぶ。髭面《ひげづら》の口許がにやっと笑う。そんな図があたまに浮かんだ。漁師のプリン……、シュールだ。

もしも、これが「お姫様のプリン！」だったらどうだろう。ぜんぜん駄目だ。いかにもなネーミングで、普通にコンビニの棚に並んでいそうだから。

「漁師」と「プリン」の組み合わせの不思議さがインパクトを生み出しているのである。などと思いながら、看板に近づいて細かい説明を読んでみたところ、「漁師のプリン！」とは、どうやらこの辺りを発祥の地とする伊達巻き玉子のことらしい、と判明した。

「海から疲れて帰ってきた漁師たちが、おやつ代わりに食べています。上質の玉子の食感があまりにも滑らかでプリンのようです」とのことである。

そうか、と納得しながら、ちょっとさみしい気持ちになる。「漁師のプリン！」はプリンじゃなかったのか。

一目みて変に思えるものにも、よく調べると、ちゃんと腑に落ちるような理由があるのだ。

一目みて変で、よく調べても変で、最後まで変で、どこまでも意味不明なまま、世界の果てまで突き進んでほしかった。

私の「漁師のプリン！」は今も髭面の男の胸のなかでふるふると震えている。

クリステルと薫

駅のホームで電車を待ちながら、口内炎が痛いなあ、と思う。太陽に向かって口を開けたら、消毒されて少しは良くなるだろうか。でも、今やったら、周りの人に変だと思われるかな。「口内炎　太陽消毒」で検索してみようか。

そんなことを考えているとき、隣に立っていた妻が不意に云った。

「滝川クリステルとなら顔を取り替えてもいいな」

びくっとする。滝川クリステル、どんな人だっけ。有名な、たしか美人だよな。家に帰ったら滝川クリステルの顔の妻がいるところを想像してみる。

「おかえり」

「た、ただいま」

うーん、緊張する。嬉しいけど、なんだか豪華すぎるような。四畳半にシャンデリアっていうか。卓袱台《ちゃぶだい》でフルコースっていうか。

ここはやはり「そのままでいいよ」と云うべきだろうか。嘘じゃない。でも、なんか恥ずかしい。

「滝川クリステルとなら顔を取り替えてもいいな」

「そのままでいいよ」

凄い会話だ。隣から伝わってくる気配が、特に返事を求めている風でもなかったので、そのまま黙っていることにした。

僕の希望を云えば、昭和時代の八千草薫の方がいいな。目も覚めるような可憐《かれん》さでありつつ、四畳半や卓袱台にもしっくりくる。などと心の中で考えが勝手に進んでゆく。

数日後のこと。家に帰ったら、なんと八千草薫の写真が壁に貼ってあるではないか。雑誌の切り抜きらしい。どきっとして、思わず無表情になってしまった。

「これ、どうしたの」

「可愛いから貼ったの、八千草薫だよ」

知ってる。モノクロ写真の中の八千草薫は何故か寝癖のふくれっ面で、可憐メーターの針が振り切れるほどだ。

でも、と思う。どうして滝川クリステルの写真じゃないんだろう。なんとなく不安。

思い込み

世間には職業についての思い込みというものがある。差別に結びつくような偏見でなくても、当事者はそれなりに困ることになる。

或るお笑い芸人さんは、新幹線で隣になった人から「面白いこと云って」と当然のようにリクエストされたそうだ。ありそうなことだ。

でも、いくら当人に悪気がなくても、プライベートな状況でそう云われ続ける方はたまったものじゃない。かといって「じゃあ、ギャラを払って」と返したら、正当な反応であり過ぎてなんとなく白けてしまうだろう。

私は歌人という地味な職業だが、それでも何かの折りに世間の人々の思い込みを知らされることがある。「筆は持ち歩いてないんですか？」と訊かれたり。ええ、持ってないんです。「あれ？　おじいさんじゃないんですね」と不思議そうに云われたこともある。どうやらその人は、歌人というのは全員老人だと思っていたらしい。ひどいなあ。でも怒れない。その感覚もわからなくはないのだ。

それに私自身の中にだって思い込みはある。以前、朝のゴミを出すためにお寺から出てきた若いお坊さんがもこもこのフリースを着ているのを見て「あれ？」っと思ったことがある。なんか違うような気がしたのだが、これって差別だろうか。

またホテルの朝食会場で袈裟《けさ》を着た人々と一緒になったときも、ちらちら見てしまった。バイキング形式だったので、お坊さんが何を食べているのか気になったのだ。焼売、サラダ、ご飯、味噌汁みたいな組み合わせに、うんうんと納得したんだけど、全員がベーコン山盛りとかだったら「えっ？」と思ってしまっただろう。

あのとき、彼らが「納得のメニュー」を食べていたのは、そういう一般人の心を知っていたせいかもしれないな。土佐の高知のはりまや橋でかんざしを買うところを見られて以来の偏見対策だ。

レの字

夜ごはんを食べながら、「今日の出来事」を妻に尋ねるのが好きだ。

「今日、何かあった?」

「お昼に行った喫茶店でマスターとお客さんがオセロやってた。黒がレの字になってたよ」

へえ、と思う。凄いな。それが今日のトップニュースか。

しかし、そのリポートはどうなのか。妙に小学生っぽい。ポイントは「レの字」にあるようだ。見たまんまじゃないか。そのあまりの「見たまんま」っぷりに感銘を受ける。

だが、相手は私が感心していることに全く気づいていない。もぐもぐとごはんを口に運んでいる。

その姿を見ながら、私はさらに考える。だって、オセロ的には「レの字」であることになんの意味もないだろう。たまたま黒の石がその形に列んでいただけだ。

仮に「今日の出来事」を誰かに語ることになっても、私ならその部分は省略してしまうに違いない。

いや、それ以前に、価値のない情報としてインプットの段階で記憶に残さないかもしれない。その代わりに記憶されるのは、どっちが勝ったとか、何目勝ったとか、何勝何敗だったとか。そういう事項である。

しかし、妻は平気だ。どうも彼女にはそのような情報の選別機能がないらしい。ゆえに、見たもの聞いたものをそのまま脳に記憶して、訊かれればそのまま口から出す。結果的に、言葉に奇妙なリアリティが宿る。「レの字」になんの意味もないからこそ、そう云われると、ああ、本当に見たんだなあ、と思う。どっちが勝ったよ、とか、何勝何敗だったよ、とか、教えられるよりも生々しい臨場感が伝わってくるのだ。

それが面白くて「レの字になってたんだ?」と念を押してみる。すると「うん、こうだよ」とお箸で空中にレを書いてくれた。

白鳥とアイロン

お寺の池に「噛みつきますから白鳥に近づかないでください」という看板が立っているのを見てびっくりした。白鳥が、しかもお寺の白鳥が、そんなに凶暴だなんて、と思ったのだ。

という体験を或る雑誌に書いたら、読者からこんな感想を貰《もら》った。

「白鳥には嘴《くちばし》はあっても歯はないから、突っつくことはあっても噛みつくことはないと思います」

なるほど。はっきりと意識に上らなかっただけで、私も心のどこかでその違和を感じていたのかもしれない。

という話を飲み会でしたら、翌日、友達からこんなメールが届いた。

「白鳥はガジガジ噛みつくし、歯もあるみたいだよ（動画を参照のこと）」

驚いて、添付された動画を観たら、確かに餌をもった人の手に何度も噛みついている。ぱくっと開いた口の中にはギザギザした歯も見えた。しかし、誰が何のためにこんな動画を撮ったのか。不思議だ。私のためだろうか。

ということがあって、念のためにネットで調べてみると、「白鳥の嘴のギザギザは歯とは全く別のもの」と書かれていた。うーん、と思う。

現実って一体なんなんだろう。どこまでも奥深いのか、それともそうでもないのか。白鳥に対する認識を何度もひっくり返されているうちに、自分が実際にあの看板を見たときに感じたことが何だったのか、だんだんわからなくなってくる。

最近、五十肩になってしまって「家庭の医学」的な本を買った。そこに「アイロンを使った振り子運動」というものが紹介されていた。家庭でできる運動療法らしい。

ふと見ると、図解の端っこに注意書きがある。「アイロンがない場合は、ダンベルなどの代替用品でもかまいません」。えっ、と思う。そもそもアイロンの方が代替用品なんじゃ……、でも、自信がない。全てがよくわからない。

年賀状

Sさんという女性からきいた話である。彼女は会社の同僚である男性から年賀状の内容についてクレームをつけられたという。

「困りますよ、Sさん。『今年もよろしくお願いします』なんて書かれちゃ。妻の手前、どう取り繕っていいか、焦るじゃないですか」

Sさんは愕然《がくぜん》とした。「今年もよろしくお願いします」は、年賀状における決まり文句中の決まり文句だと長年信じてきたからだ。

「その言葉、今年も数百人に書いちゃったよ。妻帯者に限っても数十人。あれがNGだとしたら、その全員に謝らなくちゃ」

同僚は冗談で云ってるんじゃないの、と尋ねてみたが、完全に真顔だったらしい。非常識な文面だと本気で憤っているのだ。

私は世界がぐにゃあと歪むのを感じた。常識だと信じていたことが否定されると、どうしていいかわからなくなる。しばらく歪んだ世界に身を任せる。それから、念のために訊いてみた。

「他には何も書かなかったの？」

「あとは『いつも笑顔に癒されています』だけ」

えっ、と思う。問題はそっちじゃないのかなあ。繫《つな》げると『いつも笑顔に癒されています。今年もよろしくお願いします』となって微妙なニュアンスが生まれる。

そう指摘しても、Sさんは首を傾げるばかり。常識のラインとは意外に個人差が大きいものらしい。

以前、或る人に携帯電話の番号を訊かれたことがあった。仕事の相手だったのですぐに教えた。だが、そのときの彼の反応が妙だった。

「ごめんね。ごめんね。今だけだから。この仕事が終わったらすぐ消すから。ほむらくんの目の前で消すから」

そこまで云われると、逆に不安になる。こちらもそうしなきゃいけないんだ、と思って。彼にとっての電話番号とはそれほどのものなのだ。

二十一世紀感

　これでも二十一世紀かよ、と思うことがある。例えば、激しい雨が降って、でも対抗手段が傘しかないことに苛立《いらだ》ったとき。情けない。これじゃ、江戸時代とおんなじじゃないか。

　その逆のこともある。スマートフォンで電車の経路と時間が調べられたとき。それからコンビニで買ったアイスクリームが物凄くおいしくなっていたとき。流石《さすが》は二十一世紀だなあ、と感心するのだ。

　いずれの場合も、主に進化とか洗練の有無という意味合いで「情けない」とか「流石」とか感じているわけだが、しかし、そのような観点からは説明のつかない二十一世紀感というものもある。

　例えば、先日、AさんとBさんという二人の女性と知り合ったときのこと。彼女たちの仲の良さを目の当たりにして、思わずこう云った。

私「凄く仲が良いんですね」

二人「うふふ」

私「会社の友達？」
二人「いいえ」
私「同級生？」
二人「いいえ」
私「どうやって知り合ったの？」
A「居酒屋でたまたま隣の席になったんです」
私「へえ。飲み会で？」
B「いいえ。お互い別々に来てたの」
私「どちらかが話しかけた？」
A「いいえ」
B「あのね。彼女が唐揚げをガブッて齧《かじ》ったら、その肉汁が飛んで、私のほっぺたにかかったんです」
A「そうなんです。ビシュッて。ごめんね、熱くなかった？」
B「ふふ、熱かった」
その言葉をきいて、反射的に思ったのだ。凄いなあ、なんて恰好いい出会い方なんだろう、流石は二十一世紀だ。
それから、あれっと思う。だって、考えてみると「居酒屋」は昭和の時代にもあったよ。「唐揚げ」も。じゃあ、どうして、どこに二十一世紀を感じたんだろう。

イチゴ水

心霊スポットの話をきいた。或るトンネルの中を車で走っていると、ラジオからこんな声が流れてくるらしい。

「イチゴ水、飲んだら、鼻がもげた」

ぞっとした。怪談マニアの間では有名な話のようだが、確かになんとも云えない生々しさがある。

そのトンネルの上には廃病院があるとか、さまざまな噂も付されているのだが、最大のポイントは、やはり「イチゴ水、飲んだら、鼻がもげた」という言葉のもつインパクトだろう。

まず「イチゴ水」。これがもう怖い。表現が奇妙に古いというか、意味はわかるんだけど、我々が知っているジュースの類とは明らかに何かが違っている。

次に「もげた」。「取れた」や「落ちた」や「欠けた」にはない不気味さがある。

さらに「イチゴ水、飲んだら」から「鼻がもげた」への飛び方が一見唐突なようで、どこか繋がっているように感じられるところ。

単なる出鱈目《でたらめ》ではないことが直観されつつ、しかし、その背後の関係性をはっきり読み取ることはできない。隠された現実の全貌が見えないことが一層怖いのだ。

つまり「イチゴ水、飲んだら、鼻がもげた」は、自分の身に起きたことを訴える言葉として不充分というか、変質してしまっているんじゃないか。その言葉のとろけ具合が怖ろしい。或る種のわらべ唄などにも通じる感触だ。

強引に辻褄《つじつま》を合わせようとするなら、先の「廃病院」という情報を踏まえると、「イチゴ水」からは血が連想される。血液による伝染病を暗示しているとか。

或《あ》るいは、「イチゴ水」と「鼻がもげた」の間を素直に繋げて読めば、糖尿病による身体の末端壊死などの可能性もあるだろうか。

映画『ゴッドファーザー　ＰＡＲＴⅢ』の中で、糖尿病の発作を起こした主人公が「オレンジジュースをください。ジュースを」と頼み、手渡された血の色のそれをがぶ飲みするシーンが思い出される。

おんなじ

昔の歌謡曲が聴きたいという衝動に駆られる。「私のハートはストップモーション」が聴きたくなってネット上を探したら、近年の映像を発見した。わくわくしながら、クリックする。

わあっ、と思う。おんなじだあ。不思議な感動だった。この感覚の正体は何なのだろう。高校生だった私が今は老眼であるように、歌い手の外見にはそれなりの変化があった。でも、声は変わっていない。それ以上に、歌い方が当時のままだったのだ。「おんなじ」という感動の正体はこれだと思う。

ベテラン歌手が若き日の代表曲を歌うとき、当時のレコードやCDと同じ歌い方をすることはまずない。多くはわざとテンポをずらしたり、奇妙なタメを作ったりする。気持ちはわかる。何百回何千回となく歌い続けてきたのだ。新鮮さが磨り減るのを防ごうとして、歌い方が徐々に変化してゆくのだろう。

でも、我々聴き手の気持ちは違う。何十年経《た》っていても、いや、それだからこそ、あの日のあの曲をあの歌い方で聴きたい。当時の音源に当たればその願いは叶《かな》う。だが、今回はたまたま幸運にも、時間を超越した「おんなじ」に出会うことができたのだ。

歌手以外でも似た現象は見られる。駅員、バスガイド、アメ横の店員など、同じフレーズを毎日繰り返している人々の声というか話し方には独特の節回しがある。慣れ切った言葉に心を込め続けることは難しい。あの節回しは、なるべく心を磨り減らさずに聴き手に届けようとする必要性から生まれたものだろう。

ところが、である。稀《まれ》な例外に出会った。先日人間ドックを受けたときのこと。レントゲン写真を見ながら、ここが肺でここが血管で、と話す医者の一言一言にとても心が込もっていたのだ。しかも診断結果は特に問題なし。凄い、偉い、怖い、と思う。大丈夫ですか、先生、毎回そんなに心を込めてしまって。

この場のボス

普段は部屋にこもって原稿を書いているのだが、たまに講演的な仕事で人前に出る機会がある。生来の内向性のために対人的なコミュニケーションスキルが低いので緊張する。でも、がんばる。がんばって、そこで出会った人々と挨拶《あいさつ》を交わしながら、次々に名刺交換などをする。

主催者的な人々、後援者的な人々、常連のお客さん、そのお子さん、謎の髭の長老、謎の玄人《くろうと》っぽい和服女性等々とにこやかに挨拶を交わしてゆく。

その場の一人一人の立場や役割や関係性を漠然と推理しながら会話を進める。

そこで自分の作品や活動に対して好意を示されることがある。勿論《もちろん》、お礼を云う。

「ありがとうございます」

「嬉しいです」

「いやあ、そんなあ」

「恐縮です」

「がんばります」

「今後ともよろしくお願いします」

などと微妙に表現を使い分けながら謝意を表する。

その際に注意すべきは、それとなくクレッシェンドを心がけることだ。最初は穏当な「ありがとうございます」から始めて、だんだん言葉を強めてゆき、その場のもっとも長老的会長的ボス的な人物に褒められたとき、爽やかな口調で最強のカードを切る。

「光栄です」

よし、決まった。と思った瞬間、横から謎の玄人っぽい和服女性が云う。「ほんとに、ほむほむって面白いわあ」。すると長老的会長的ボス的な人物に見えていたお爺さんが「ですよねえ」と丁寧な相槌《あいづち》を打つではないか。

えっ、と混乱する。しまった。判断を誤ったか。髭のお爺さんがこの場のボスだと思ったのは間違いで、こっちの和服女性こそが真のボス？

でも、もう切り札の「光栄です」は使ってしまったぞ。焦った私の口から飛び出したのは「あ、ありがとうございます」。あー、振り出しに戻っちゃったよ。

若い人

若い人という言葉を初めて口にしたのはいつだったろう。若い人は若い人を若い人とは呼ばない。若い人を若い人と呼ぶのは若くない人だけだ。

つまり、誰かが若い人という言葉を使うとき、その人は自分は若くない人というスタンスを満天下に示すことになる。明らかに若くない人の場合はともかく、微妙な年齢の人がこの言葉を使うのをみると、なんとなくどきっとするのはそのせいだろう。

私自身が若い人だったとき、おじさんやおばさんが若い人というのをきくたびに、変な言葉だと思っていた。でも、実際におじさんの立場になってみると、他に適当な云い方がみつからない。学生のことは学生さんと呼べばいい。でも、二十代の社会人などはなんと呼べばいいのだろう。若者？　若人？　どんどん死語圏に入ってゆく。

自分が齢を重ねるにつれて、周囲に若い人が減ってきた。そのため、彼らについての情報が乏しい。若者の車離れとか若者の活字離れとか若者の恋愛離れが起きているというのは本当なのか。わからない。知りたい。というわけで、実際に彼らと接触した友人などが、その成果たる若い人情報を仲間内にもたらすことがある。一種の土産話だ。

先日はこんな噂をきいた。

「若い人は明智小五郎を知らないよ」

ええっ、というどよめき。今の若い人は江戸川乱歩読まないのか。そうかあ。明智探偵役の天知茂も死んじゃったしなあ。

「若い人は金田一耕助も知らないよ」

再びどよめき。嘘。そんなことってあるだろうか。湖からにょっきり突き出たあの脚をみたことないのか。

一方的に教えられるだけではない。私も新たに摑《つか》んだ情報を皆に伝える。

「若い人は『デート』って言葉を知らないよ」

一同仰天。その様子をみて私は満足だ。

ばらつき

プロ野球の試合を見ていて、一人のピッチャーに好不調の波があるらしいことが不思議だった。素質に恵まれた人間が訓練を重ねてプロとしての技術を身につけた上に、登板に合わせてコンディションを調整している。にも拘《かか》わらず、球速もコントロールも球のキレも、日によってかなりの調子の良し悪しがあるらしい。しかも、実際に投げてみないとわからないという。同じ人間の同じ行為に、そんなにもばらつきが生じるものなのか。

もしや、美容師やコックや外科医などにも日々の好不調の波があるのだろうか。ならば、なるべく好調の日に当たりたいものだ。手術のときなどは特に。

調子のばらつきや波について、我が身を省みて思い浮かんだのは、夜間のトイレ現象だ。水分の摂取量にさほどの違いはないのに、眠っている間に一度もトイレに起きない夜があるかと思えば、五回も起きる夜がある。プロのピッチャーや美容師の仕事と一緒にしてはあまりに失礼だが、あれも一種の、例えば膀胱《ぼうこう》の好不調なのだろうか。

ばらつきの激しい現象がある一方、ひどく安定的なそれもある。例えば、文字の上手下手。上手い人はいつも上手く下手な人はいつも下手だ。私は後者だが、幼い頃から書き続けて、つまり無数の練習を重ねてきた筈《はず》の、自分の名前が未だに下手なことに逆に感心してしまう。半世紀も書き続けたら嫌でも上手くなってしまいそうなものだが、そうはならない。いつ書いても安定して下手だ。

また食べ物などにも好不調というか当り外れの大きいものと小さいものがある。果物の中で最も安定しているのはバナナ。これは外れだなと思った記憶がない。その代わり、今日のは特別美味《うま》いなあと思ったことも。いつ食べても安心な反面ときめきに乏しいバナナは、恋愛をしても相手を振り回すタイプにはなれないだろう。

存在の逆転

初対面の人に「穂村弘です」と名乗ると「ああ、あのベッドで菓子パンを食べる……」と云われることがある。最初は嬉しかった。僕が書いたものを読んでくれてるんだ、と思って。でも、何度も続くうちに不安になってくる。おかしい。他にもいろいろやってるのに、どうして「ベッドで菓子パン」の件《くだり》だけが世間に広まっているんだろう。

まさか、と不安になる。これが僕の代表作になったりしないだろうな。ありえないとは云えない。サンドイッチ伯爵の例がある。彼は「パンに具を挟んで食べた人」としてだけ名前が残っている。生きてるとき、他にもさまざまな活動をしただろうに。その全てが消え去って、今ではただサンドイッチの人。おそろしい。

と思っていたら、凄いのをみつけてしまった。ウェイン・ルーニーというサッカー選手（香川真司のかつてのチームメイトでもある）について、インターネットで調べたときのこと、ウィキペディアの目次がこうなっていた。

・経歴

・植毛について
・人物
・個人成績
・獲得タイトル
・脚注
・外部リンク

他の項目はわかる。でも「植毛について」ってなんなんだ。

「ルーニーの外見上の特徴の一つとして、頭髪の薄さが挙げられる」

「2011年6月にロンドンの有名医院にて植毛手術を行ったことをTwitterにて報告。植毛を行った理由について『25歳でハゲるつもりはなかったから』と語った」

がーん。サッカーに何の関係もないよ。しかも「人物」よりも「植毛」の方が上位にくるなんて。冒瀆《ぼうとく》的な存在の逆転じゃないか。でも、確かにサンドイッチの方が伯爵よりも遥かに有名なのである。気をつけろルーニー。気をつけろ自分。「ベッドで菓子パンを食べた人」になるのは嫌だ。

眼鏡とおみくじとフローティングペン

学生の頃、福井出身の友達とルームシェアをしていた。そのとき「日本中の眼鏡の九十五％以上は福井で作られているんだよ」と教えられた。びっくりしたけど、彼がそんな突飛な嘘を吐く理由もないから信じた。僕の眼鏡も福井産なんだなあ。

また別のときに別の人から「日本中のおみくじの殆《ほとん》どは山口の或る場所で、しかも手作業で作られている」と教えられた。そうか、おみくじも作られてるんだ。って当たり前か。どうして山口なんだろうと一瞬考えたが、福井の眼鏡の件を思い出して、そういうものかと納得した。

さらに先日「世界中のフローティングペンは全て北欧のどこかの村で作られている」という話をきいた。フローティングペンが何かわからなかったのだが、軸を傾けるとヌードの女性などがふわーっと出現する仕掛けのあるペンのことらしい。それなら知ってる。あれ、フローティングペンっていうんだ。でも、ちょっと変じゃないか。それって観光地の温泉みたいなとこで売っているのを見たことがあるよ。それも北欧製なのだろうか。

ただ出鱈目にしてはフローティングペンとはあまりにも限定的で真実味がある。と思いつつ、家に一本だけあった観光土産のフローティングペンを調べたところ「MADE IN DENMARK」の文字が……。おおっ、北欧のどこかってデンマークだったのか。

以上の体験を通じて私が知ったのは、全てのモノはどこか一ヶ所で作られているらしい、ということだ。

それなら、と不意に閃く。宇宙中の生命が全て地球で作られている、って可能性もあるのだろうか。今までは、夜空を見上げながら、こんなに沢山の星があるんだから、宇宙のどこかに必ず生命体は存在する、宇宙人と出会う日が来る、と信じていたのに。眼鏡とおみくじとフローティングペンによって、確信が揺らいでしまった。

綾波レ……

小説家のNさんという女性と話していたときのこと。

どんな会話の流れだったか忘れたけど、私が「綾波レ……」と云い掛けた瞬間、「もうその話はいい！」と遮《さえぎ》られてびっくりした。「その話」って、まだ「綾波レ……」までしか云ってないんですけど。

「あんたらはほんまに、いつもいっつも綾波レイ綾波レイってうるさいわ。うちはもう知らん」

「あんたら」って誰。私が複数形になってるよ。

「とにかくその話はききたくない」

きっぱりと断言されて、私は自分が何を云いたかったのか忘れてしまった。

このときのやりとりでわかったのは、どうやら世界中の男がNさんに向かって綾波レイの話をしているらしいということだ。

どうしてそうなるのか。なんとなく理解できる。Nさんは関西弁で口が悪くて、しかし根はひどく優しい。そんな彼女に「だっさ」とか「しょうもな」とか「あほちゃう」とか云われれば云われるほど、妙に嬉しくなる。何かを受け入れられた気持ちになるのだ。

自分が好きなものを馬鹿にされたり、笑われたりするのは嫌なことだ。そして私を含むオタク的な人間はそのような目に遭うことが多く、警戒心も発達している。

だが、そんな我々も、Nさんなら、と思うのだ。きっと大丈夫に違いない。思い切り喋《しゃべ》って優しく叱られたい。どこまで許されるか試したい。その結果、彼女は無数の綾波レイを紹介されることになったのだろう。

以前、或る男が云っていた。

「もしも世の中の女性が全員Nさんだったら、世界中の引きこもり男子が冬眠から覚めたようにぴょいぴょい穴から出てくるだろう」

なにやら予言めいた口調の重々しさが可笑《おか》しかったが、納得した。「穴」か。心の「穴」だよなあ。

混線

昭和の頃、ときどき停電というものがあった。長引くと父の手で蠟燭《ろうそく》が灯されて、不思議に静かな時間が訪れるのだった。また、テレビを見ているとき、不意に画面が「しばらくお待ちください」という表示になってしまうこともあった。あのとき、画面の向こう側では何が起きていたのか。最後にあの表示を見たのはいつだったろう。それから電話の混線。誰かの話し声が勝手にきこえるパターンが多かったけど、或るときはたまたま同じタイミングで互いにかけ合った友人たちと、三人一緒に喋れてしまった。

だがその後、社会システムの精度は上がった。停電や「しばらくお待ちください」や電話の混線のような現象には、日常レベルでは滅多に出遭わなくなった。今、そうなったら、それはもう非日常的な事態が発生したということだ。

ところで、先日、私は奇妙な夢を見た。今から舞台に出なきゃならないのに、台詞を全く覚えていない、というものだ。魘《うな》されて目覚める。怖ろしかった。そんな夢を見るのは初めてだ。

ところが、翌日も同じ夢を見た。なんとその翌日も。三日連続となると、考えてしまう。だって、私はお芝居の舞台に立ったことはないし、これからもそんな予定は全然ないのだ。それなのに何故、こんな夢を見るのか。

一つだけ思い当たることがあった。その直前に、俳優の三國連太郎さんが亡くなっていたのだ。三日連続の悪夢は、もしや、それと関係があるんじゃないか。つまり、後はお前に託す、という名優の思いが、私にこの夢を見せたんじゃないか。

いやいやいや、そんな筈はない。あり得ない。おかしいだろう。いろんな意味で。

そこで思い出したのが、昭和時代の電話の混線だ。つまり、これは本当は佐藤浩市さんが見る筈の夢で、それが何かの間違いで私のところに届いてしまったのではないか。電話ならぬ、夢の混線だ。

マナー考

マナー考

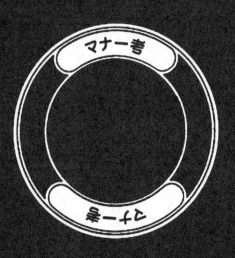

下戸のマナー

「ほむらさんはお酒が飲めないからなあ」と残念そうに云《い》われることがある。「すみません」と呟《つぶや》きつつ、なんとなく釈然としない。僕がお酒を飲めないことを、どうしてこの人が残念がるんだろう。

こんなに美味《おい》しくて楽しいものが飲めないなんて、ということなのか。でも、例えばお酒と並び称される煙草《たばこ》にしても、「ほむらさんは煙草が吸えないからなあ」とは、決して云われないのだ。お酒だけが特別なのは、どうしてなんだろう。やはり「酔う」ところがポイントなのか。

お酒を飲むと一人称が「私」から「俺」に変わる人を知っている。口調や話の内容には殆《ほとん》ど変化はないのだが、彼の口から初めて「俺」が飛び出してきたとき、びくっとした。たぶん、心の底ではいつも「俺」なんだなあ、と思ったのだ。お酒を飲むとH《エッチ》になる人もいる。その姿をみると、心の底ではHなんだなあ、と思う。勿論《もちろん》、心の底なんていったら、人間はみんなHだろうし、一人称は「俺」どころか「俺様」かもしれない。

でも、お酒は変身薬のように、その姿を表面化させる。だから特別なのだ。と考えると、「ほむらさんはお酒が飲めないからなあ」の後に省略されていたのは「気の毒」「惜しい」「つまらない」だけではない気がしてくる。そこには「ずるい」も含まれていたんじゃないか。

だが、私も飲み会で周囲に溶け込む努力はしているつもりだ。ウーロン茶とジンジャエールを交互にお代わりもする。「お茶でもお代わりしてくれると嬉《うれ》しい。一緒に飲んでる気持ちになれるから。相手がずっと同じグラスだと自分ばっかり飲んでる気がするんだ」とお酒好きの友人に教えられたからだ。

ただ「素面《しらふ》でも雰囲気に酔えるんです」という言葉にはどうしても無理を感じる。そもそも素面の感覚からすると、Hな「俺様」同士のコミュニケーションがうまくいくわけがないと思う。なのに酔っ払い達は不思議にも絶妙なハーモニーを奏でるのだ。話は全く嚙《か》み合ってないのに、親友のように仲がいい。「ややややや」「まままままま」「そそそそそ」などという宇宙人の会話にどうやって入ればいいのか。真面目にタイミングを計れば計るほど入れない。

恋愛に関しても、お酒好きの男女と下戸の男女とでは、展開の速度に十倍くらい差があるのではないか。下戸同士の恋はなかなか進まない。

学生の頃、一滴も飲めない女の子を好きになったことがあった。なのに彼女はお酒が大好きな男に惚《ほ》れてしまった。そいつは毎晩暴れまくるからしょっちゅう眼鏡や時計を壊す。そのためにワイルドな風貌《ふうぼう》に似合わぬディズニー時計ばかり腕に嵌《は》めていた。「そこが可愛《かわい》いの」と彼女は云った。ず、ずるい、と私は天を仰いだ。

タクシーのマナー

会社員時代、毎晩帰りが深夜になって、駅から自宅までタクシーに乗っていたことがある。そのとき、妙なことに気がついた。

「○○ハイツまでお願いします」と云うと運転手さんは無言。ところが、「○○ハイツ」と云うと「はい」と返事が返ってくるのである。勿論必ずというわけではない。だが、確率的には明らかにその傾向があるのだった。

「○○ハイツ」って単語で云い放つのは偉そうで気が引ける。しかし、丁寧に「お願いします」をつけると返事をして貰《もら》えない。当然、こちらとしては前者でいきたくなる。

でも、なんだか、抵抗がある。それでは世界が悪い方に回ってしまうんじゃないか。実際には密室の、しかもふたりだけのやりとりに過ぎず、世界なんて殆ど関係ない筈《はず》なのに、なぜかそう感じるのだ。

世界の方向性を、人類の未来を、決める最初の一歩がここにある。そう思いながらも、無言の闇に吸い込まれる「お願いします」を貫く気力がもてず、結局、なかをとって「○○ハイツまで」と云うようになった。

こうした対人的なパワーバランスの奇妙さって、他の場面でもあると思う。相手に妙に下手に出られると、無意識に重心を合わせようとして（？）、こちらが偉そうにしないといけない気分になったり、それを踏み留《とど》まろうとして負けずに馬鹿丁寧になってしまったり、どうも困るのだ。特に恋愛のように継続的な関係の場合、このバランスの乱れに加速度がつくと、ややこしいことが起きるんじゃないか。

話をタクシーに戻すと、車内でどの程度まで自由に振る舞っていいのかも、わからなくなりやすい。自分は比較的良い子にしているつもりだったが、携帯電話を使うときには運転手さんに必ずひと声かける、というひとの話をきいて、そういうものか、と不安になった。

逆に映画やドラマなんかでは平気でタクシーの車内キスをしてるけど、あれは現実でもOKなんだろうか。以前、その話題になったとき、全然大丈夫というひとと、とても無理というひとにくっきりと分かれた。

でも、無理派のなかにもラブホテルの駐車場まで乗りつけるのはOKというひともいて、驚かされた。

そのひとの意見では、車内のキスはマナー違反だけど、ラブホテルは純粋に行き先の問題だからタクシーの利用法として正当だというのだ。確かに理屈は合っている。

が、私にはやっぱりできない。いろいろな意味でめちゃめちゃ焦っていた或る若き日に、震える声で「東急文化村まで」と告げた記憶がある。それでぎりぎりだったのだ。

配られるマナー

駅前などにティッシュを配るひとが立っていると、緊張する。かなり手前から、ああ、いるな、と思って意識してしまうのだ。できれば忍者のように気づかれずに通り抜けたい。でも、彼らはそこを通らないと目的地に行きにくいポイントをしっかりと押さえている。

このまま進むと間違いなく渡される、かといって、あまり露骨《ろこつ》に避けるのも、などとくるくる迷いながら、結局、妙に中途半端なコースをとってしまう。

その結果、わざわざサイドステップとか、無理に手を伸ばすとか、配ってるひとにちょっとだけ頑張らせてしまって、受け取らないことへのプレッシャーがさらに高まる。

「断ろうとするから面倒なんだ。受け取るって決めてしまえばいいんだよ。そうすればあれこれ迷わなくて済む」という意見をきいたことがある。なるほど、とそのときは納得した。

でも、花粉症でもない私はティッシュを使う機会がほとんどない。あいまいな気持ちのまま、鞄《かばん》の底に放置されたティッシュは半年もかけて、少しずつぐじゅぐじゅになってゆく。捨てるにも気合がいるのだ。全部受け取っていたら大変なことになる。ティッシュを渡そうとするのはあちらの自由。それを受け取るかどうかはこちらの自由。当たり前のルールを脳内で再確認して、受け取らない決意を固める。

しかし、いざその場になると心が揺れてしまう。人間が人間を完全に無視するのは、状況や理由がどうあれ、とんでもなくいけないことのように感じられるのだ。

いろいろ迷いながら、現在のところ、私は「ぺこりとあたまを下げて受け取らない」というパターンを採用している。だが、これも自分自身を納得させるための方便に過ぎない。

ティッシュを渡す側からすると、あたまなんか下げてもらわなくても、とにかく受け取ってくれた方が有り難いだろう。あたまを下げるくせに受け取らない偽善者。そう思われているんじゃないか、と不安になる。

ふざけるな。どうして渡される方がこんなにあれこれ考えて、びくびくしなきゃならないんだ。と一瞬、心が燃えあがる。が、続かない。

そんな私も両手に荷物をもっているときは、ちょっとだけ罪の意識が軽くなる。実際にはボウリングの球でも提げているのでない限り、その気になれば受け取れるのだが、しかし、とにかく両手が塞《ふさ》がっている、ということが免罪符になるような気がするのである。

普段ティッシュを配っているひとは、渡される立場になったとき、どうしているのだろう。正解を教えて欲しいものだ。

まんが喫茶のマナー

まんが喫茶ではまんがが読み放題だ。さらにドリンクが飲み放題、携帯電話が充電し放題、テレビやＤＶＤが見放題、インターネットやシャワーが使い放題。私は王様のようだ。

ただし、同等の権力をもった王たちが狭い空間にぎっしりと生息している。しかもひとりひとりの城であるブースは、薄い壁で仕切られているに過ぎない。

プライバシーや環境の保守は暗黙の合意によるところが大きく、物理的にはほぼ無力な襖《ふすま》や障子《しょうじ》で仕切られているだけのかつての日本家屋を思わせる。

そんなまんが喫茶におけるマナーのうち、最大の要素は「音」だ。

なかでも問題は携帯電話。「通話は店外で」というのが建前だが、狭い城から這《は》い出して、迷路のように曲がりくねった細い道を抜けて、わざわざ外に出ていくのは大変だ。焦って飛び出すと、自分の城がどこだったか、わからなくなることもある。

そのために実際には店内のそこここから会話がきこえてくる。それらを耳にして感じるのは、通話の主が堂々と喋《しゃべ》っているとむかつき、声をひそめていると、それほどでもないということだ。

これは現実的な声の大小の問題ではない。つまり、喋っている本人が自分の行為を気にしているかどうか、申し訳なく思っているかどうか、が重要なのだ。ごめんと思っていることが伝われば、まあ、しょうがないな、という気持ちになる。

ただし、電話以外の「音」についてはまた事情が異なる。例えば、まんがを読みながら思わず吹き出す人がいるのだが、大声で笑われるのはもちろん困る。しかし、通話とちがって本人がそれを気にしていればいいというものでもない。必死に笑いを押し殺そうとするあまり意味不明な「音」を出す人がいるのだ。

突然「ぷしッぷしッぷしッぷしッ」的な破裂音が隣からきこえてくると、ぎょっとする。本人がこらえようとすればするほど「音」の正体は謎めいて怖《おそ》ろしい。また、ほとんど無音のまま、いきなり壁だけががたがたと揺れ出すケースもある。

こちらはじっと息を殺して様子を窺《うかが》う。やがて「ああ、笑ってるのか」とわかると、ほっとする。発作とかテロとか心霊現象とか脱皮とかじゃなくてよかった。まんが喫茶の王様は限りなく無力。壁越しに何か投げ込まれたら、もう逃げ場がないのだ。

以上の観点から、まんが喫茶における携帯通話はできれば店外で、無理なときもなるべく声をひそめよう。また笑いが我慢できないときは、まず自然に吹き出して人間の笑いであることをアピール、それから徐々に押し殺すようにしよう。

殺しのマナー

実家から蟹《かに》が送られてきた。喜んで箱を開けたとたん、妻と顔を見合わせる。口から泡がぶくぶく。これ、まだ生きてるよ。「生きがいい」のは嬉しい、でも「生きている」のはちょっと困るのだ。嗚呼《ああ》、なんて自分勝手なんだろう。

おそるおそる熱湯に入れてみる。と、蟹が脚をぐわわっと反らせたので、思わず飛び退《の》く。「今。ぎゃああって云ったね」「うん」、断末魔の幻聴にびびって食欲が吹っ飛ぶ。そんなの蟹に対して失礼だと思って食べようとするけど気力が出ない。ほとぼりが冷めた頃、という言葉があたまに浮かぶ。で、その日はふたりで駅前のラーメン屋に行った。翌日、改めて食べた蟹はおいしかった。

考えてみると、私は自分の食べるものをこの手で殺した経験が殆どない。それは自分の着る服や住む家をつくったことがないのと同じだろうか。何かが違う気がする。蟹でこれでは鶏を絞めて食べるなんてとても無理そうだ。でも、レストランではなんでも食べる。蟹でも鶏でも牛でも豚でも子羊でも。

他の動物を殺さないためという理由でベジタリアンになった人間は何人くらいいる

のだろう。小さな魚を丸ごと食べるよりも大きな魚の切り身の方が罪は軽いのか。イクラなどの卵系はどうか。食べるのではなく医学的な研究のための殺しはどうか。わからないけど、とにかくその辺りまでは自分の命のために動物の命を奪うという実感をなんとかもつことができる。

でも、例えばミステリードラマなどで主人公が運ばれた紅茶を水槽に注いだとき、金魚がぷかぷか浮かび上がってがーん、というシーンをみることがあるけど、あれはどうだろう。本当に金魚を殺してるのか。たぶん違うよな。では、路上にぶちまけられた魚が跳ね回ってやがて動かなくなる、というシーンはどうか。

仮にあれらがリアルなものなら、「食べる」とか「医学」とかのためじゃなくて「表現」のための殺しってことになる。それって許されるのか。「紅茶に毒が入っていた」ことを示すためという程度ではまずいだろう。

でも、屋上から猫を投げ落として死んでゆくまでを撮影したという映画監督の話をきいたときは、残酷とかの前に負けたと思った。そこまで自分の「表現」に確信がもてるのか。私にはぬいぐるみしか投げ落とせない。

「殺しのマナー」は最難問だと思う。考えれば考えるほど正解がわからない。だが、閻魔《えんま》大王の前で「新鮮な肉が食べたくて」とか「人間用の医学の進歩のために」とか「表現上の必要性から」とか「憎くて」とかはっきり理由を述べた上で、「殺すつもりで殺しました」と云うのが最低限の条件であろう。

電車のマナー

電車の網棚に寝ている少年をみたことがある。どうやって登ったのか。ちょっと羨《うらや》ましかった。

座席に座って目を閉じていた会社員らしき男性が、突然足下の鞄を開けて、げろを吐いたこともあった。責任感が強いというべきか、自分のものなんだから当然というべきか、わからないけど、もしものために覚えておきたい手だと思った。

電車内の振る舞いについて、このように一生に一度級のマナー違反（後者は死守？）になると、不快というよりもただ凄《すご》いものをみた、と思って受け止めるのみである。

日常的によく遭遇して嫌な気分にさせられるのは、ヘッドホンからの音漏れ。気づいた瞬間に発信源から離れないと、徐々にダメージが溜《た》まる。目蓋《まぶた》はあるけど耳蓋はないから、携帯通話を始めとする音関係はやはり気になる。

また、時々あるのは座席の隣人が肩に凭《もた》れてくるケース。相手やこちらの気分にもよるけど苛立《いらだ》つことが多い。と、書きながら、思いついた例が聴覚と触覚に訴える行為であることに気づく。それらに比べて不潔さや過剰な香水などによる嗅覚面《きゅうかく》でのマナー違反は少ないし、味覚的なそれはさらにレア（いきなり口にフライドポテトを突っ込まれるとか？）だろう。

以上の観点から次のことが云えると思う。電車内で五感のうちの四つ即《すなわ》ち聴覚、触覚、嗅覚、味覚を過度に刺激する行為は、その内容に拘《かか》わらず基本的にはすべてマナー違反である、と。ただし乗客同士の会話は平気なのに携帯通話に拒否感が起こるのは何故《なぜ》か、などの疑問は残る。

では、五感の最後の一つである視覚はどうか。見たくないものを見せられるケース。これが最も微妙だ。電車内の化粧なども該当するだろうか。しかし、何故それを見ることが不快なのか、自分でも今一つよくわからないのだ。

これに関連して、電車で本を読んでいる人と携帯電話の画面を眺めている人から受ける印象の違いも謎である。本の人にはプラスの感情を抱き、携帯電話の人にはニュートラルからマイナス寄りなのだ。どちらも黙って文字を読んでいるだけなのに、どうして差がつくんだろう。

強いて理由を考えれば、化粧や携帯画面の凝視が、現実的な欲望を感じさせることくらいだろうか。我々は他者の欲望を直視するのが嫌なのか。なるほどカップルのいちゃつきは見たくない。ただ、いずれの場合も「昔はなかった」こと自体が理由にはならないと思う。

読書以外に視覚的にプラス印象の車内行為はあるだろうか。私は時々「指回し健康法」をやっているのだが、マイナスだろうなあ。でも、ハンカチで隠してやったら、もっと不気味だ。

時間のマナー

時刻について、私が子供の頃は「4時半」「5時10分前」「5時5分過ぎ」のような云い方がしばしばされていた。これらはいずれも時計の針のイメージだったと思う。針が半分まで来ている、ちょっと手前にある、ちょっと行き過ぎた、という状態の言語化なのだろう。

だが、現在は同じ時刻のことを「4時30分」「4時50分」「5時5分」とフラットに表現することが多くなっている。また「16時30分」のような24時間式の云い方も以前より多くなった。

時計の針のイメージが薄れて、デジタル的に一元化されたということだろうか。おそらくはその感覚の延長として「26時」「28時」のような表現をみる機会も増えた。これらは「(翌日の）午前2時」「(翌日の）午前4時」のことである。前日からの継続性が念頭にあるわけだ。

昔も「25時」という表現はあった。だが、それは「(翌日の）午前1時」のことではない。24時間の枠外の、特別な時刻というような意味合いが強かったと思う。「25

時」はあっても「26時」や「28時」をみた記憶がないのはそのためだろう。

以上の点から、我々の生活上の時間はデジタル的に均一化されつつ、どこまでも連続する感覚が強まっているように思える。是非はともかく、自分の意識もまたそうした環境の影響を確かに受けているようだ。

例えば、事務連絡的なメールの中に「16時半」とあると、この「半」を見落としたりする。「半」に対する感度が落ちているのだ。それに気づいてからは自分がメールを書くときには「16時30分」と表記するようになった。逆にこちらのアナログ的個性を印象づけたい場合には、「半」「前」「過ぎ」などを使うといいのかもしれない。

もうひとつ思い当たるのは心理的な時間に対する感覚の鋭敏化だ。朝、出勤する家人をドアから送り出したとき、何秒後に鍵をかけるか、いつも迷う。外に出た直後にカチャンと閉まるのはさみしくないか、と考えてしまうのだ。送り出した相手が誰なのかによっても、この意識は微妙に変化する。電話を切るタイミングにも通じる迷いだ。

またホームから電車を見送り見送られるときや、赤信号の向こうに知人を発見したときの、間が持てない数十秒や数分をどのようにやり過ごしたらいいのか。

いずれも正解らしきものがないので困る。以前のアナログ的な時間においては、「半」「前」「過ぎ」的にアバウトな流れの中で自然な対応が為《な》されていたように思うのだ。それとも、あの時間の焼き切れそうな気まずさを共有することこそが、デジタル世界の人間に残された絆《きずな》の証《あかし》なのだろうか。

フリースのマナー

初めてフリースという服を着たのはいつだったろう。軽くて暖かくて驚いた。「カシミヤとかもう誰も着なくなるんじゃないか」と云って笑われた。カシミヤも軽くて暖かい。でもフリースは軽くて暖かいうえに安いから、そう思ったのだ。

そんなフリースにも欠点がひとつある。それは知らないうちになくなることだ。確かにあった筈のフリースがいつの間にか消えてしまう。

或る日、原因がわかった。妻が処分していたのである。「だって、ぼろぼろになってたから」。でも、他の服はいくらぼろぼろになっても勝手に捨てたりしないのに、と怪訝《けげん》に思う。どうやら彼女は家からフリースを減らしたいらしいのだ。気づくのが遅かった。おそらくはそのお洒落《しゃれ》度の低さから、フリースは女性に人気がないようだ。

そういえば、いつだったか雑誌の対談のために指定の場所に行ったら、担当の編集さんが私の姿をみるなり、こう云った。「ああ、よかった。フリースじゃない。ほむらさん、ありがとう」。お礼を云われちゃったよ。フリースを着てないだけで。

「いくら僕でも女優さんと対談するのに、フリースでは来ませんよ」と云ったら、

「でも、私と打ち合わせのときは、凄いのを着て来ましたよね。『裏』かと思った」と云われてしまった。

「いや、あれは駅前の喫茶店だったから」と言い訳すると、「そもそもフリースって部屋着でしょう?」と断言された。がーんとなる。フリースって部屋着なの? あれで家の外に出ちゃいけなかったのか。知らなかった。

でも、と思う。お洒落な女性誌の若い編集さんにとってはそうかもしれないけど、実際にはもう少し個人差があるんじゃないか。お洒落じゃないおじさん(私のこと)なら、近所の床屋くらいは行ってもいいとか。あ、そう思うからお洒落じゃないのか。

また周囲の環境にも拠《よ》ると思う。フリースで家から出ちゃいけない町と駅までは行ってもいい町があるんじゃないか。ちなみに私は夜中に近所のコンビニでパジャマ姿の女の子をみかけたことがある。そんな町なら、「裏」みたいなぼろぼろのフリースでも駅までは行けると思うのだ。

そして駅まで行ったら電車に乗りたくなるのが人情だ。試してみる。乗れた。よし、次はどこまで行けるか挑戦だ。

その結果、中野までは全く緊張せずに行けることがわかった。次の停車駅は新宿。新宿かあ、ちょっと抵抗があるなあ、と思いつつ、試しに降りてみる。なんだ、平気じゃないか。新宿も我がフリースの関所には非《あら》ず。次は渋谷か原宿か。なんだか、このまま世界一周できそうだ。でも、お洒落な若者は危ないから真似しないで。

合意のマナー

マナーを守るためには、その前提としてマナーについての合意が必要だ。これが曖昧だと皆が困ることになる。

例えば「女性が一人暮らしの男の部屋に上がったら、それはＯＫってことか否か問題」。このテーマが雑誌などで定期的に採り上げられるのは、合意点について未《いま》だに決着がついてない証拠だろう。

「それとこれとは全く別」派から「靴を脱ぐ＝服を脱ぐ」派まで、人によって考えに幅があり過ぎることが混乱を生んでいる。マナーを守りたくても、相手がどの派に属しているかわからないと守れない。とりあえず大人《おとな》しくしているのが無難だが、それで二人の未来が変わってしまうかもしれないのだ。

日常的に浮上しがちなのは「電車で席を譲るべきか否か問題」だ。譲るのがマナー的に正解なのは誰もが知っている。だが、実際に現場の緊張感を作り出しているのは、それ以前の譲る側と譲られる側の合意点の曖昧さだと思う。

つまり、「ほんとに席を譲っていいのだろうか」についての確信のもてなさこそが問題の本質なのだ。目の前に立ったのが明らかなお年寄りなら迷いは生じない。でも、現実は多様だ。微妙な年齢の人とか、妊婦っぽくみえるけど絶対とはいえない人とか。迷ってるうちに、どきどきして苦しくなる。以前、席を譲ろうとして怒鳴《どな》られた人をみた。あんな風になったらどうしよう。緊張に耐えられず、駅に着いたところで電車を降りるふりをして別の車両に飛び乗ったりすることもある。

「登山服の老夫婦に席を譲っても良いか迷う」（又吉直樹）は、そんな気持ちを詠んだ自由律俳句の傑作である。

また「電話とメールとファクスと手紙では、どの順に礼儀正しいのか問題」についての考えにも世代差や個人差があって困る。肉筆の手紙が一番礼儀正しいと確信してそうしたのに相手に激怒された、という話をきいた。セロハンテープで封をしていたのである。その受取人の考えでは糊《のり》が礼儀正しくてセロハンテープなど人道に反する振る舞いなのだった。おそろしい。

「メールのタイトルをそのまま『Re:』で返していいか否か問題」は、以前はＮＧだったけど、今はビジネス上の用件ではＯＫになったらしい。でも、これも相手との認識が合ってないと危険だ。

ともあれ、礼儀知らずと怒る前に、相手のマナー観が自分のそれとちがうだけかもしれないという可能性を常に考えたい。

以前、切手を横向きに貼《は》ったら、「それは絶交の合図だよ」と云われたことがある。驚く間もなく、別の一人が「え、アイラブユーの合図でしょう?」。ああ、一体どっちなの。いや、どっちも困る。切手がでかすぎてスペースが足りなかっただけなんだ。

距離感のマナー

会社員時代のこと。コピーを取っていると、背後にぴったりと張りつく先輩がいた。順番を待っているのだ。もうちょっと離れて待てばいいのに、と思う。でも、彼にとっては首筋に鼻息のかかる距離が自然であるらしい。私が若い女性とかなら接近の理由もまだわかるけど、意図がみえなくて怖ろしい。そんなに近づいて先輩に一体どんなメリットがあるのですか。

逆のパターンもある。近所のコンビニエンスストアの女性店員は、いつもお釣りを空中で手放すのだ。ぽとんぽとん、と掌《てのひら》に落ちてくる。その間ほんの数cm。でも、やられた方は気がつくものだ。ああ、僕の掌に触れたくないんだな、と。

会社の先輩のときとは違って、彼女の気持ちはわかる。でも、こちらは確実に悲しくなる。ちらっとその顔をみると、なんと満面の笑み。うーん、笑顔は離れたままで作れるからなあ。

このように人間同士の距離感は数cm単位で意識化される微妙なものだ。そして、現代を生きる我々は高度なレベルでそれに対応している。

例えば、電車が少しずつ混み合ってくるとき、一駅ごとに変化する状況に応じて、乗客の一人一人がちょっとずつ位置や向きを変えて、少しでも快適な環境を作るようにする。互いに相談することもなく、自然に、瞬時に。まるで生きたパズルのようだ。たまに一人だけ動きが変な客がいて、おや？　と思うと、外国の人。なるほど。やっぱり対人的な距離感って環境によって刷り込まれるものなんだ。彼の国に行ったら、きっと私の動きの方が変になるんだろう。そういえば車の運転などでは、東京から大阪に行っただけでも周囲との感覚のズレを感じるものだ。

去年、病院の待合室で一人のお婆《ばあ》さんと一緒になった。彼女が大きな声で延々と身の上話を続けるので、周囲の我々は相槌《あいづち》を打ちつつ、ちょっとだけ困っていた。やがて、お婆さんは呼ばれて診察室へ。ほっとしていると、中から声が聞こえてきた。

「先生、私、今日、誕生日なんですよ」

「そう、おめでとう」

「九十歳」

「じゃあ、お祝いに爪を切ってあげよう」

え、と思って聞き耳を立てていると、ぱちんぱちん、という音が聞こえてきた。

凄い、と思う。自然にこんなことができるなんて、このお医者さんは対人的な距離感の達人だ。思いつかないよ、誕生日のお祝いに爪切りなんて。お婆さんの表情が目に浮かぶ。一生忘れないだろうな。先生のこと、死ぬまで大好きだろう。いや、これで三か月は寿命が延びたんじゃないか。

私の番になったら、云ってみたい。「あの、僕も誕生日なんです」。先生、僕には何をしてくれるだろう。

納豆とブラジャー

納豆とブラジャー

小さな正解

さっきから、なんだか風邪っぽい。喉が痛くて、肩胛骨《けんこうこつ》の辺りがぞくぞくする。お風呂に入るのを止めようか、どうしようか。考える。迷う。決められない。

風邪のときはお風呂に入っては駄目。子供の頃、親に云《い》われてから、なんの疑問もなくそう思い込んでいた。でも、大人になるにつれて、皆が同じように考えているわけではないことを知った。風邪とお風呂はなんの関係もない、全く問題ない、むしろ温まってから眠るべき、という意見のひとも結構いるらしいのだ。それから、迷うようになった。

体質はひとによって違うのだから、今までの自分の経験から判断すればいい。或《あ》るとき、そうアドバイスされた。そうか、と思う。考えろ。風邪のときにお風呂に入って、実際に悪化したことがあるのか、それとも特に影響はなかったのか。

ところが、それがよくわからないのだ。半世紀近く生きてきて、何度も風邪をひいて、それなりのデータの蓄積がある筈《はず》なのに、何故《なぜ》かはっきりと断言することができない。影響があったのか、なかったのか、記憶がもやもやしている。こんな小さなことでもやもやしているようでは、なにひとつ決められない。人生全体がもやもやするのは当たり前だ。
　そんな私の半生において、なるほどこれは正解だ、今度から必ずそうしよう、と確信できたことは少ない。そのうちのひとつは大学のワンダーフォーゲル部でT先輩から教えられたやり方だ。
　あれは夏合宿で大雪山系を縦走したときのこと。さっきからもう大分歩き続けているから、時間的にそろそろ休憩かな、と思い始めたところで、目の前に急な登りが現れた。よし、ちょうどキリもいい。そう思った瞬間、リーダーのT先輩が云った。
T「そろそろ休憩の時間だけど、もうちょっとだけ頑張ろう」
　あれ？　と思う。他のメンバーも同じ気持ちだったらしく、サブリーダーからこんな声があがった。
サ「でも。ここから登りになりますよ」
T「うん、だから、あと五分だけ登ってから休もう」
サ「五分だけ？」

T「次に歩き出すとき、その方が気分が楽なんだよ」

なるほど、と思った。登りに差し掛かる直前で休むのは、一見キリがいいように思える。でも、休憩後にいきなり大きな苦しさに挑まなくてはならない。それに対して、五分だけでも登っておけば、全くゼロからのスタートでない分、確かに「気分が楽」なのだ。

それに、どんなに疲れていても、急な登りでも、五分後は確実に休憩とわかっていれば頑張れる。他の皆も納得したのだろう。全員が最後の力を振り絞って登り始めた。

T「よーし、休憩」

約束通りだ。背中の荷物を下ろして、ポリタンクの水を回し飲みする。さっきまでいた場所が随分下の方にみえる。ちょっと登っただけで、それなりに高度が稼げるんだな。あそこで休まなくてよかった。たった五分の効果を実感する。

これは正解だ、と思った。おまけに、勉強や仕事にも応用が利くんじゃないか。同じ理屈で、ちょうどキリのいいところで休むんじゃなくて、次の作業に五分だけ手をつけたところで休めばいいんだ。そうすれば、「気分が楽」になる。私はすっかり嬉《うれ》しくなった。いいことを覚えたぞ。

ところが、実際にやってみると、そううまくはいかないことがわかった。山登りと勉強や仕事は違うのだ。山登りでは、休憩直前の五分の登りをラストスパート的な努力でカバーすることができる。歯を食いしばって、五分、あと五分だけ、頑張ろう。と念じれば、苦しい登りでも足を進めることが可能だ。

ところが、勉強や仕事においては、ちょうどキリがついたところからの五分は、次の新しい作業の始まりに当たる。ゆえに、そこでは要求される努力の質そのものが変わる。だから、ラストスパート的なひと踏ん張りが通用しないのだ。

折角人生の小さな正解をみつけたと思ったのに残念だ。結局、一年後にはワンダーフォーゲル部もやめてしまった。けれど、T先輩の教えは、今後の人生において山登り的な作業に出会ったときのために覚えておこう、と思った。でも、山登り的な作業って山登りの他に何があるのかなあ。

納豆とブラジャー

納豆を食べる前に、納豆をつくらなくてはいけない。勿論《もちろん》ゼロからつくるわけじゃない。ほとんどできている納豆に最後の仕上げをかけるのだ。

具体的には、納豆のパックを開けて、表面をカバーしているフィルムをとって、器に入れて、百十回混ぜる。何故百十回かというと、納豆は百回以上混ぜないとなんとかいう栄養素が機能しない、とテレビでどこかの先生が云っていたからだ。九十九回では駄目です、と先生は笑っていた。

そうなのか、と思って緊張する。心のなかで数えながら混ぜて、よし百回、と思っても、万一ということがある。ぎりぎりで数が足りていなかったら悔しい。そこで念のために百十回なのだ。

無事栄養素が発現してにちゃにちゃになった納豆に、添付の小さなビニール袋を破ってタレを投入。さらに小さなビニール袋を破って辛子《からし》を投入。その後、またぐるぐると混ぜてできあがりだ。

しかし、と思う。これだけの作業がけっこう大変というか面倒臭いのだ。特に問題なのは「表面をカバーしているフィルムをとって」と「添付の小さなビニール袋を破って」と「さらに小さなビニール袋を破って」のところである。ここをノーミスでクリアできたことがない。

だって、カバーのフィルムには必ず豆が二、三粒くっついてしまう。もったいないからつまんで戻すと、手がぬるぬるになって、小さなビニール袋がうまく破れない。タレが手についたり、辛子が飛び出したりして、汚れてしまうのだ。あとに残ったパックやビニールも、ぐちゃあとして辛《つら》いものがある。

そんな或る日のこと、近所のコンビニエンスストアで、手を汚さない納豆、というものに出会った。そんなことがあり得るのか、と半信半疑で買ってみる。

実際にパックを開けてみて驚いた。表面を覆っている筈のフィルムがない。タレもビニール袋に入ってない。ゼリー状のタレを、箸でそのまま納豆にのせて混ぜるだけだ。

なるほど、と感動した。確かに手は汚れない。これは、と私は思った。革命的だよ。納豆界に激震が走るにちがいない。今までの納豆はなんだったのか、ということになって、手を汚さない納豆は爆発的にヒット。慌てた同業他社の追従によって、全ての納豆がこのタイプに置き換わるだろう。納豆革命だ。

ところが、である。そうはならなかったのだ。次にコンビニに行ったときは、この納豆はもう売り場から姿を消していた。あれ、と思う。嘘《うそ》。どうして。

革命的じゃなかったのか。だって本当に、手、汚れなかったよ。でも、売ってない。どうしてなんだ。今でもときどき考える。あれは一体なんだったんだろう。

手を汚さない納豆のことを考えているうちに、ぼんやりと思い出したことがある。ずっと前にも、こんなことがあった気がする。あれは、えーと、ほら、あの、フロントホックのブラジャーだ。

二十数年前に私はそれに出会った。というか、初めて自らの手で外したブラジャーがそのタイプだったのだ。私にとっては生涯の恩人とも云えるそのブラのことを忘れる筈がない。

よくわからないまま、焦って背中をまさぐる私に向かって、くすくす笑いながら、恋人は云った。「前、前、これは前」と。そう云われてもまだわからなくて「？」となるばかり。結局、手取り足取り指導して貰《もら》ったのだが、そのとき、私は思った。凄《すご》い、これは革命的だよ。だって、いちいち手を後ろに回さなくても済む。前で着脱が可能だなんて。走るぞ、ブラジャー界に激震が。

だが、考えてみると、これは奇妙なことだ。手を汚さない納豆に出会う前に、私は数え切れないほど普通の納豆を食べていた。だが、ブラジャーはちがう。普通のブラに関する知識はゼロ。みたこともなかったのだ。なのに何故、フロントホックを革命的だと断言できたのか。童貞の本能か。わからない。でも、とにかくそう確信したのだ。

ところが、である。もうおわかりだと思うが、結果は納豆のときと同じだった。革命は起きなかった。その恋人と別れてから今日まで、私は一度もフロントホックに巡り合っていない。

どうしてなんだ、と弱々しく思う。あんなに便利じゃないか。手を汚さない納豆も、フロントホックのブラジャーも。私は革命家にはなれないと思う。だって、世界についての正しさの確信が全然当たらないのだ。革命と信じたものは幻だった、と思い知らされる日々。

運命と体

駅のホームで人と別れて、去ってゆく電車を見送るとき、おかしな気分になることがある。さっきまで目の前にいた人が、車窓の向こう側にいる。動き出す。どんどん離れてゆく。当たり前だ。彼は電車に乗ったんだから。今頃は携帯電話でも眺めているだろう。でも、その当たり前が、何かの拍子に当たり前と思えなくなる。とても変な感じに包まれる、この感覚を、どう説明すればいいのだろう。

こんな短歌がある。

翼の根に赤チン塗りてやりしのみ雲の寄り合うあたりに消えつ　　柴善之助

傷ついた鳥に「赤チン」を塗ってやったのだろう。やがて、元気を取り戻して飛び立っていった。「鳥」という言葉を使っていないところが巧い。見所は、さっきまで自分の手のなかにいた小さな生命が、たちまち「雲」の向こうに消えてしまった、というダイナミズム。だが、と私は思う。地上に残された〈私〉はどんな気分がしただろう。鳥は飛び去った。でも、自分はさっきまでと同じくここにいる。嬉しいような淋しいような気持ちで見送ったのか。そのなかに、現に起こったことが信じられないような、どこか奇妙な感じが含まれてはいないだろうか。

この感覚は相手が生物の場合にだけ生まれるわけではないようだ。例えば、こんな歌。

一米《メートル》あまり隔てて見つつをるこの飛行機は明日《あす》飛びゆかむ　斎藤茂吉

相手は「飛行機」、しかも今はまだ目の前にあるのだ。にも拘《かか》わらず、〈私〉は既《すで》に不思議な気分に包まれている。こんな近くにあって触ろうと思えば触れるものが、「明日」は遥かな雲の上にいるんだなあ、と。

これらの短歌においては、鳥や飛行機は空を飛べるけど自分は飛べないという事実が、取り残された〈私〉が感じる不思議さを比較的自然なものにみせている。だが、人間同士が駅のホームで別れる場合であっても、本質は同じではないか。

そしてまた、この不思議は空間だけでなく時間においても発生する。例えば、オリンピックの柔道種目の一〇〇キロ超級決勝戦。テレビカメラが客席にいる選手の母親を映し出す。彼女は懸命に応援している。その姿はこれから戦いに挑む彼女の息子に比べてずっと小さい。当たり前だ。でも、この人からこんなに大きくて強い人間が生まれたのか、と思って、一瞬不思議な気持ちになる。彼女は自分の赤ちゃんが自分よりも遥かに大きく強くなったことを、心から信じられるんだろうか。

このような感覚の根っ子にあるのは、自分の運命は自分の体と共にある、ということだ。一人一人がただ一つだけの運命をその体のなかに抱えている。そんなことは当たり前過ぎて普段は意識することがない。でも、何かの拍子に、例えば駅のホームで人と別れるときに、二つの運命の分岐が可視化される。あの電車が事故にあったら彼は死ぬ。私は死なない。このホームで爆弾テロがあったら私は死ぬ。彼は死なない。さっきまで仲良く話していようが、赤チンを塗ってやろうが、自分がお腹《なか》を痛めた子であろうが、運命はばらばらなのだ。

つき合っている恋人同士は、多くの時間を共有して行動を共にする。ところが、いったんうまくいかなくなって別れると、とたんにばらばらになる。その後の生涯で二度と会うことがなかったりもする。あんなにいつも一緒にいた相手が今どこで何をしているのか、わからない。当たり前だ。別れたんだから。

でも、それが当たり前と思えないときがある。地図上を動く光の点を見るように、彼女のその後の運命を知りたいと思う。不気味だろうか。でも、これは所謂《いわゆる》未練とは異なる感覚だ。その証拠に、元恋人に対してだけ起こるわけではない。幼馴染《おさななじ》みや大学の同級生や遠い親戚や一度も会ったことのない芸能人の運命が、散らばった光の点としてばらばらと動く様が見てみたい。

と書いてきて、ふと思う。ツイッターって或る程度それを実現したというか、その欲求に応えているのかもしれないな。「〜なう」という形で光る点の動きが自己申告されるのだから。

一つの体に一つの運命。それは生きることの出発点というか、基本中の基本である。でも、あたまではわかっても何故か腑に落ちない。そんな私は極端に甘えた感覚の持ち主なのだろう。そのせいで、いつまでも腹を括《くく》ることができず、ふわふわした気持ちで生き続けている。自分の運命を自分だけのものとして、しっかりとみつめることができないまま。

（――この女、どこまでついてくる気なンだろう）

しかし、なンとなく笑いがこみあげてくる。帰る帰るといいながら、さよならがいえない。とことんまできてしまう。自分で自分に腹をたてながら。そういう奴が稀《ま》れに居る。一人になりたくないばっかりにだ。この女も、そうなのだろうか。

『麻雀放浪記』（阿佐田哲也）より

確信

CDは苦手だ。

ケースの開け方がわからない。

あちこち押したり引いたり捻《ひね》ったりしているうちに、ぱうん、という感じで偶然っぽく開く。

その弾みでケースがばらけることもある。

いつも偶然に頼っているので、いつまで経っても正式な開け方が覚えられない。

困るのはケースだけではない。

CDの本体である銀盤のどこが触っていいところなのか、わからない。

レコードと違って両面のどちらかは音の再生上は全く意味がない、という噂をきいたことがある。

擦《こす》っても引っ掻いても平気とか。

本当だろうか。

でも、どちらが。

裏か表か。

わからないまま、曖昧《あいまい》に両面に触ってしまっている。

プレーヤーにセットして、音楽がちゃんと流れてくると、ほっとする。

CDは苦手なのだ。

★

電車の窓の開け方がわからない。

たぶんこうかな、という自分なりの案は心中に秘めているけど、実践したことがない。

開けたいなあ、と思っても、いつも周りに観客（というか乗客）がいるので、緊張して試すことができないのだ。

開けようとして開かなかったらどうなる。

恥ずかしい。

窓がちゃんとあるかどうか確かめただけですよ、という振りをしたらどうか。

無理。

バレる。

そして、全員に心の中でくすくす笑われるのだ。

怖《おそ》ろしい。

早朝の始発電車に乗ったときに練習して窓開けをマスターしたいと思うけど、始発に乗るようなときはいつも心に余裕がない。

★

映画監督って凄い、と思う。

目の前の役者の演技がよかったら、「カット、OK」などと云うらしい。

どうして、その場で「OK」が確信できるのか。

私だったら、録画したものを何度も再生してみて、「OK」かどうかじっくり考えたい。

それから云う。

「あの、こないだのあれ、OKでした」

駄目だ。

そんなんじゃ、カリスマ性がない。

一発で「OK」と断言できないと。

いや、それ以前に、私は映画監督にはなれないと思う。

主演男優や主演女優が撮影の途中で死んじゃったらどうしよう、と心配でたまらないから。

★

中学校の大掃除のときのこと。

校庭を掃いていたら、突然、周囲から悲鳴があがった。

ん？　と思った瞬間、目の前を上から下へ何かが通り過ぎて、眼鏡が地面に転がっていた。

シャーンという音と共に、辺り一面に硝子《ガラス》の破片が飛び散った。

なんなんだ。

指でおそるおそる自分の顔や首を撫でてみる。

別に、なんともない。

怪我はないようだ。

それから眼鏡を拾った。

割れてない。

じゃあ、この硝子は？

と地面を見回して不思議に思う。

粉々になったそれは教室の窓硝子だった。

後に判明したところでは、四階を掃除していたB組の誰かがうっかり窓を割ってしまったらしい。

幸いなことに破片の多くは教室の床に零《こぼ》れた。

ところが、生物部の梅ちゃんが、そのなかの大きな一枚を拾うなり、何を思ったのか、ぽいっと窓から投げ捨てたのだという。

それが下にいた私の顔面すれすれを掠《かす》めて眼鏡を叩き落としたのだ。

馬鹿な。

どうしてわざわざそんなことをする。

あと数㎝ズレてたら大変なことになってたぞ。

騒ぎをききつけて降りてきた梅ちゃんは、にやにやしながら「めんごめんご」と云った。

私は、私は、私は、怒れなかった。

怪我はなかったのだ。

眼鏡は落ちたけど、壊れたわけじゃない。

つまり実質的に無傷。
だから、怒れなかった。
このタイミングで怒っていいものかどうか、確信がもてなくて。
でも、数cmズレていたら脳天直撃だ。
死んでいたかもしれないんだぞ。
死んだら、怒れない。
おかしい。
どっちにしても怒れないじゃないか。
命が懸かっていても確信がもてないって、どういうことだ。

★

一本差しのペンケースが恰好いい、ような気がする。
一本しか入らないところが。
でも、黙ってる。
確信がないから。

清張ライン、伊能ライン

高校生の頃、早熟の天才に憧れていた。

アルチュール・ランボーとかレイモン・ラディゲとか三島由紀夫とか。彼らの詩や小説をろくに読んでもいないのに、恰好いいなあ、と思ったのだ。そして、自分もそのような創作者のひとりにちがいない、と胸をどきどきさせていた。

何故、そんな風に考えることができたのか。それは当時の自分が、現実には何一つしたことがなかったからだ。どのようなジャンルのどのような作品もつくったことがない、ただの高校生。だからこそ、自らの可能性の上限を勝手に夢みることができる、という一種の逆転現象だ。

無謀な夢の代償として、私は現実の一歩を踏み出すことができなくなった。だって、おそろしい。もしも、実際に何かを試みてしまったら、そして、それが無惨な失敗に終わったら、自分が彼らのような存在でないことが明らかになってしまう。嫌だ。何にもしなければ、少なくとも自分だけは己の天才を勝手に信じていることができるのだ。

だが、何にもしなくても、時間は流れてゆく。私は大学生になって、いつのまにか、ランボーやラディゲが世に知られるようになった歳を超えてしまった。困った挙《あ》げ句《く》に、幻のデビュー年齢を後ろにずらすべく、心のなかの目標を次々に変更していった。村上龍、村上春樹、高橋源一郎……。

やがて、おそろしいことが起こった。自分と同世代の人間がデビューするようになったのだ。会社帰りの本屋で彼らの作品をみつけても、触ると火傷《やけど》をするようで、手に取ることができない。まして、読むなんて。そんなことしたら自我が崩壊する。

だが、時の流れと現実は容赦がない。さらには、私よりも年下の人々が世に出るようになっていった。いくら気づかない振りをしようとしても、否応なく目や耳に飛び込んでくる。江國香織、角田光代、吉本ばなな……、ばなな？

一方、自分はといえば相変わらず会社員のまま、コンピュータソフト開発企業の総務部員として、採用面接をしたり、新人歓迎会の手配をしたり、机の上に乗って蛍光灯を交換したりしながら、どんどん歳をとってゆく。

その昔ランボーだった目標は、変更に変更を重ねて、とうとう松本清張にまで行き着いた。私の知る限り、最も遅くデビューして、最も偉い作家になった人間だ。

清張のデビューが四十三歳。ということは、それまでに自分はあと十二年、とあたまのなかで計算する。なんだ、まだ大丈夫じゃないか。けれどやがて、それが十年、八年、五年、となってゆく。恐怖のカウントダウンが胸に鳴り響く。

四十三歳デビューという清張ラインは、心の支えであると同時に最後の一線でもある。突破されたら、もう後がないのだ。それを意識して日々懸命に努力した、というなら、まだいい。実際には、空回《からまわ》りである。気持ちは焦るのだが、実作業は手につかない。何にも書けない。目の前の一文字に集中できないことがまた焦りを呼ぶ。

ずっとつき合っている恋人は、私の焦りを勿論知っていただろう。でも、何も云わなかった。一度だけ、何かの拍子に「今は下積みなんだよ」と呟《つぶや》かれたことがある。どう返事をしていいのか、わからなかった。

「下積み」というのは、ちゃんと努力をしていながら芽が出ない時期のことだろう。私はちがう。また、成功した人が過去を振り返って使う言葉でもあるんじゃないか。最後まで、このままで終わったら、それは、それは、呼び名のない時間になってしまう。おそろしい。そう思いながらも、必死で力を振り絞ることのできない自分って、いったいなんなんだろう。

清張ラインを越えてしまったときのために、私はさらにその先の実例を探そうとした。松本清張よりももっと歳をとってからデビューして、歴史に名を刻んだ人がどこかにいないだろうか。

物書きのなかからはみつけることができなかった。では、範囲を他ジャンルにまで広げたらどうか。さらに時代も遡《さかのぼ》ったら。いた。その名は伊能忠敬。江戸時代の測量家。初めて正確な日本地図をつくった男である。

伊能忠敬は五十歳で隠居後、江戸に出て一から測量及び天文観測を学び始める。そして五十六歳のときに私財を投じて国土の測量を開始、十数年かけて日本中を歩き続けて、最終的に全て測り終えたのは七十二歳、死の二年前のことであった。

うーん、凄い人間がいたものだ。不屈の志か。とにかく、目的の実例はみつかった。清張ラインが突破されても、私にはまだ伊能ラインが残っている。よかった、よかった、のかなあ。

別の顔

電車の中で仲良く話しているカップルを見かけることがある。彼らのうちのどちらか一方だけが途中の駅で降りたとき、私は残された一人の様子をそっと窺《うかが》ってしまう癖がある。

例えば、カップルの男性が「じゃあね」とホームに降りた後も、車内に残された女性はまだ柔らかく甘い雰囲気をまとっている。窓越しに手を振りながら、口許が小さく「バイバイ」と動いたりする。見ているだけで嬉しく、恥ずかしく、くすぐったい。電車が動き出してからも、彼女は彼のことをしばらく目で追っている。が、それも永遠には続かない。その姿が視野から消えて、どこかで雰囲気が切り替わることになる。彼女の表情や佇《たたず》まいが一人のものになるのだ。

その変化には個人差がある。ほとんど一瞬で無表情になる者。しばらくは余韻のような甘さをたたえている者。口許に笑みを浮かべたまま、しかし、その質だけが微妙に変わってゆく者。いずれの場合も、私には移り変わりが劇的なものに思える。人間が恋人の片割れから一人に戻ってゆく面白さ。

ただ例外もあって、最近では相手と離れた直後にスマートフォンを取り出す人が多くて残念だ。これをやられると、誰もがあっさりとデジタルに一人の世界に切り替わってしまって味わいに欠ける。個性が消えてしまうのだ。

ともあれ、いったん一人のモードになった後では、彼女が再び甘い表情に戻ることはない。退屈な電車の中に風景のように溶け込んだ女の顔。だが、私は知っている。この白っぽい無表情の奥に別の顔があることを。そう思いながら、目の前の彼女を見ていると奇妙な感慨を覚えるのだ。

その場の状況や一緒にいる相手によって、人間がさまざまな顔を見せるのは当然だと思う。それを表の顔と裏の顔と単純に云える場合もあるかもしれないが、本質的には一人の人間の裡《うち》には本人も知らないそれを含めた無数の顔が存在するということなのだろう。

そういえば、昔、恋人との別れ話の最中に、今までに一度も見たことのない表情を見せられて、激しい恐怖を感じたことがあった。この人の中にこんな顔が隠されていたのか。十年もつきあっていたのに全く気づかなかった、という思い。だが、二人の関係がこうならなかったら、死ぬまで見ることがなかったかもしれないのだ。それはもう表とか裏とかいうことではないだろう。人間の多面性とその中から特定の顔を引き出す運命の一回性に怖さを覚える。

また、私の父は寝言でよく怒鳴《どな》っていた。離れた部屋にいてもきこえるほどの大声だった。昼間の彼は穏やかな人柄で決して声を荒げることはなかったから、その変貌振りを母は怖れていた。「現場では（父は土建屋だった）あんな風に怒鳴ってるのかねえ」という彼女の言葉は、自分が知らないもう一つの父の顔を想像して発されたものだったろう。子供の私もなんとなく同様の不安を感じていた。

だが、と今にして思う。もしかすると現場の父も家族が知っている性格のままだったのかもしれない。その場合、夜の顔は彼自身も知らない、そして直接的には生涯知ることのできないものだったことになる。「昨日も怒鳴ってたよ」と教えられたときの微妙な父の表情を思い出す。

別の顔についてもう一つ思ったこと。誰かとセックスしたいと思う気持ちの中には、愛情とも性欲とも違った欲望が含まれているんじゃないか。それは、そのときの相手がどんな風になるのか知りたいという、煮詰められた好奇心のようなものだ。昼間の彼女が一度も見せたことのない表情が見たい、声がききたい、反応が知りたい、という思いの強さはどこから来るのだろう。好きだから全てを知りたい、といってしまえばきこえがいいが、ちょっと違っているようだ。ホラー映画を観たくなる感じ、というと今度は偽悪的になってしまうが、近いニュアンスがなくもない。無意識を含めた人間のポテンシャルを体感したいというか、目の前の存在から未知の可能性を絞り出したくなるのだ。

あの夏の数かぎりなきそしてまたたつた一つの表情をせよ

小野茂樹

間に合う、間に合わない

三十五歳の冬の夜だった。部屋のベッドにぼんやり寝転んでいたら、突然、或ることが閃いた。それについて誰かに話したくてたまらなくなって、友達に電話をした。

友「はい」
ほ「ほむらです」
友「ああ、どうも」
ほ「大学って先生をみつけるところだったんだね」
友「え？」
ほ「大学では教科書を使って勉強するとかよりも、まず尊敬できる先生をみつけることがいちばん大事だったんだね」
友「…………」
ほ「それができればあとは自然に『学ぶ』流れに乗れたんだ。でも、学生のときはそのことに全然気づかなかった。だから、勉強の何が面白いのか全くわからなかった。

結局六年間もだらだら過ごしちゃった。しまったなあ。さっき急に思い当たったんだよ」

私の唐突な語りに相手は黙り込んだ。が、次の瞬間、こんな言葉が返ってきた。

友「そうなんだよ！」

ほ「え？」

友「僕もそのことに、或る日、気づいたんだ。あれは、確か、三十歳のときだった」

私たちは盛り上がった。

ほ「そうか。僕よりも五歳も早く気づいてたのか。凄い発見だと思ったのになあ。じゃあ、わざわざ電話して釈迦に説法だったね」

友「いや、そんなことないよ」

しばらく熱く語り合って、しかし、それから相手がぽつんと云った。

友「どっちにしろ、全然間に合ってないんだ」

しょぼんとする。全くだ。本来なら入学の時点で気づかなければいけなかったのだ。大学の意味について三十歳とか三十五歳で気づいてももう遅い。人生に間に合わない。高校のときかせめて大学のオリエンテーションのときにでも、先生が教えてくれればよかったのに。

先生「大学で学びたいことが見えている人はいいけど、それがまだ摑《つか》めていない人は、まず先生を見つけてください。面白いな、惹かれるな、と感じる人の言葉をきいて行動を見ているだけで自然に学問への扉は開かれます」

たったこれだけ。ほんの数分で済むんだから。そのくせ人生への影響は絶大なのだ。我が身をかえりみず、全てを棚に上げて、そんな勝手なことを考えたのである。

でも、と思い出す。その一方で間に合ったアドバイスというものもある。

大学のとき、クラスメートの女性を食事に誘ったところ、断られてしまった。「その日は都合が悪い」とのことだった。そこで、日を改めてまた誘った。でも、結果は同じ。がっかりしている私に向かって、サークルの先輩が云った。

先輩「『その日は都合が悪い』とだけ云われて断られたら再チャレンジしちゃ駄目だよ。それは『貴方からの誘いは永遠に都合が悪い』って意味なんだ。本当の本当に『その日は都合が悪い』場合、女性にその気持ちがあったら必ず『でも来週なら』とか『また誘ってください』などの言葉を付け加えてくれる。そういうフォローが何もないなら、きっぱり諦《あきら》めないと」

目から鱗《うろこ》が落ちた。確かに自分が相手の立場ならそういう対応を取るだろう、と深く納得。それ以降、このアドバイスを守ってきた。おかげで不毛なやり取りに陥らずに済んだ。相手の女性への迷惑も最小限に留《とど》まっただろう。よかった。人生に間に合ったぞ。一勝一敗だ。

他人はどれくらい苦しいのか

思春期の頃、呼吸の一回一回が苦しかった。部活もアルバイトも恋愛もしていなかったから、何かをやろうとした結果の苦痛ではない。何にもしていないのに苦しい。苦しいから何にもできないのか、何にもやろうとしないから苦しいのか、よくわからなかった。苦痛の理由を説明できないという、そのことが一層辛かった。外からは単なる怠け者に見えてしまう。というか、本当にそうなのかもしれないのだ。

私はその苦しみに眠ることで耐えた。学校から帰ってサラミソーセージを食べ、トマトジュースを飲んですぐ眠る。夜御飯のとき、むくっと起き上がってがつがつ口に押し込んでまた眠る。そのまま朝まで起きない。悩みがあると眠れないという人がいるが、私は昔から睡眠に逃避するタイプだった。いくらでも眠れてしまう。

二十歳を過ぎて、理由もなく呼吸の一回一回が苦しいというようなことはなくなった。ほっとした。大学生活は自由だったし、人生の楽しさというものを感じた。小学校の低学年以来、十年振りのことだった。

しかし、それも卒業するまでのことだった。社会に出たら働かなくてはならない。

恐怖だ。案の定、会社に行くのは辛かった。しかし、やめたらお金が貰えない。お金がないと困るのだ。

会社での私は全然使い物にならなかった。給料泥棒だ。仕事の能力以前にストレスに対する耐久力が極端に弱い。叱られると、反射的に口許《くちもと》がへらへらして目には涙が滲《にじ》んだ。どうしようもない。反省して次から直すということもできない。何度でも同じミスを繰り返す。理由を訊かれても答えられない。あうあうあ。駄目だ。思春期の苦しみにまた逆戻りだ。

どうしてみんな耐えられるんだ、と思った。先輩や同僚たちは毎日夜中まで続く仕事の後で、居酒屋に行ったり、カラオケに行ったり、フィリピンパブに行ったりしていた。それを楽しいと思える感覚と体力が信じられなかった。私は月曜日からへろへろで土日はこんこんと眠っていた。

片道一時間四十分の通勤だけで限界だった。満員電車の中で、今にも叫びそうになる。でも、そんな人はいない。本当に叫び出した人は見たことがない。まさか、これだけ沢山《たくさん》の人間がいる中で、私の耐久力がいちばん低いということか。今、叫んだら、それを証明することになる。必死で耐えた。でも、今日だけ我慢すればいいというものじゃない。明日も、明後日も、その次も、このぎゅうぎゅう詰めの一時間四十分が永遠に続くのだ。

どうしてみんな平気なんだ。心底不思議だった。苦しくないのか。我慢してるのか。いくら考えても他人の心はわからない。電車の中で潰《つぶ》れながら、よろよろしているとき、広告が目に入った。

「借金で大変でしょう。お金をくれたら助けてあげますよ。なんか、色々借りまくってわけがわからなくなっている、人生ぐちゃぐちゃなあなたへ。弁護士より」

そんなことが書いてあるらしい。広告が存在するってことは、そういう状況にある人が沢山いるのだろうか。この電車の中にも。信じられない。だって、誰一人叫び出すこともないじゃないか。借金のない私がこんなにいっぱいいっぱいなのに。芸能人や政治家などが自殺すると、おっ、と思った。そうか、この人は僕よりも苦しかったのか。その証拠に死んでしまったよ。外からは見えない他人の苦痛が自殺によって可視化されたように思うのだ。翌朝のスポーツ紙を全部買って熟読する。でも、それで自分が楽になるわけではない。

思春期の自分は眠ることで苦痛に耐えたが、もうその手は使えない。長距離通勤のコンピュータ・プログラマーには眠る時間がない。そこで私は買い物をした。夜中にインターネットのオークションで高価な腕時計を買った。これで魂を守るのだ。

会社でコピーを取ろうとしてふわふわと機械に近づく、と、既に誰かが使っている。普通なら、自分の席に戻って待つところだ。でも、私にはその気力がない。そこにぼんやり立ったまま。そんなとき、腕時計のクロノグラフを作動させて、針が一周十分の一秒で高速回転するのを見る。くるくるくるくるくるくるくるくる。かっこいい。かっこいい。かっこいい。かっこいい。はっ、コピー機が空いた。

今もその時計を腕に塡《は》めると、当時のことを思い出す。

「この針がくるくる回るのを見て、会社の時間に耐えたんだよ。給料泥棒の魂を守ったんだ」

目の前の人に、そう口走ってしまう。実際にくるくるを見せることもある。すると、相手は困ったような感心したような顔になる。「その時計、どこで買ったんですか」とか「一周何秒ですか」とか、質問されたことがない。いいのか訊かなくて。この人は苦しくないのかなあ。

最終回は別の番組

夢のなかで、なんかこれ夢っぽいな、と気づいていることがある。さっきからおしっこがしたい。でも、なんか夢っぽいんだよな。そう思って、念のためトイレの壁に触ってみる。うん、ざらざらしてる。この手触りは現実だ。大丈夫。そう納得したところで、おしっこを開始する。じょっ、じょっ、じょ――――、あれ？

目が覚めた。夢だったのか。道理で出しても出しても終わらないと思ったよ。はっとして、股間に触ってみる。よかった。濡《ぬ》れてない。脳は騙《だま》されても、体は騙されなかったんだ。

「よし、大丈夫。夢じゃない。おしっこ、GO」という司令官の命令を現場の担当者が独自の判断でストップしたのだ。「いや、待て、なんか様子がおかしいぞ。体が水平だし、いつもは目の前にこんなパンツとかないだろう」と。偉いぞ、担当者。

それにしても、と不思議に思う。どうして気づかなかったんだろう。ちゃんと疑っていたじゃないか。なんか夢っぽいな、と。だから、壁に触って確認までした。ざらざらしてた。あ、でも、家のトイレの壁はざらざらじゃないよ。つるつるだ。しかも、さっきのトイレは汲み取り型の和式だった。何故おかしいと思わなかったのか。

夢は怖いな、と思う。勿論、おねしょも困るんだけど、例えば、あのまま心臓発作とかで死んでいたら、私は自分が夢のなかにいるのに気がつかないままだ。ということは、最期の記憶や感覚が幻ってことになる。

実際に多くの人間はそういう最期を迎えるのだろう。クリアな意識状態で死を迎える可能性は低い筈だ。朦朧《もうろう》とした意識のなかで夢を見ている。そこから、死へ移行する。もしも、そのとき見ている夢が現実とかけ離れたものだったら、どうなる。そのひとの今までの人生をねじ曲げられたり、達磨《だるま》落としされることにはならないか。例えば、夢のなかでは家族や恋人がいなかったり、現実とは違う職業についていた場合、そのまま死んでしまったら、実際に生きた時間の意味はどうなってしまうのか。

そんなことを友達に云ったら、「でも、じゃあ、クリアな現実からいきなりスイッチを切られるみたいに死にたいの」と訊かれた。うーん、改めてそう云われると怖い気分になる。けど、自分が生きてきた時間の意味を考えると、やっぱり、その方がいいんじゃないか。「でも、夢が現実よりも常に悪いとは限らないよ」と友達は云った。なるほど、確かに夢のなかのトイレの方が現実のトイレよりきれいでいい匂いってこともあり得る。現実には妻子に先立たれた孤独な男が、彼らと一緒に笑っている夢を見ながら死ぬならいいんだろうか。最終回は別の番組、でもハッピーエンド。必ず幸福な夢を見られる薬が発明されたら、私ならどうするだろう。最期に飲むかなあ。

特別対談 又吉直樹 穂村弘

取材・文＝瀧 晴巳　写真＝川口宗道

又吉さんには、テレビのなかでも本当のことを云ってしまいそうな感じがある。

穂村　ごぶさたしています。ラジオに呼んでいただいて以来ですよね。

又吉　そうですね。今日はお声がけいただいて嬉しかったんですが、何を話したらいいのか。本のタイトルが『蚊がいる』なんで、もしかして尾崎放哉ですかって、つい訊いてしまったんですけど。

穂村　〈すばらしい乳房だ蚊が居る〉ですよね。僕はそれ、すっかり忘れてて、うわ、しまったと。

又吉　すみません。いらんこと云ってしまったみたいで（苦笑）。

穂村　いえいえ（笑）。

又吉　たとえばうちの父に「蚊がいる」と云っても全然ピンとこないわけです。「蚊はいるよ、そりゃ」って思ってる。でも今って、テレビのなかにも雑誌のなかにも「蚊はいない」ですよね。

穂村　確かにそうですね。

又吉　山口百恵は腕に種痘もBCGの痕もあった。昔のアイドルには蚊に刺された痕があったりもしたけど、ある世代以降のアイドルには、そういうのが何にもない。ダイエットして写真を撮るならいいけど、今は写真のデータをいじるじゃないですか。そうなるともう、世界像が全然違いますよね。デジタルデータをいじってるんだと思ったら憧れとか欲望が急にしぼむ。映画の格闘シーンも、CGが出て以降はブルース・リーを観ていたときのように熱狂できなくなっちゃった。

又吉　ありますね、それ。僕も「蚊がいる」みたいなことを気にする感じって、凄く好きなんです。いつだったか公園で別れ話してるカップルがいたんですけど、夏だったんで結構蚊がいたのか、女の子は半泣きやったのにときどき脚をパシッと叩いたりしてた。こういうドラマがあったら僕は共感できるんやろなって。

穂村　たとえば、映画のクライマックスで震度2くらいの地震が起きて、お互い一瞬止まって蛍光灯の紐が揺れてるかどうか確認するくらいのシーンがあったら、きっと感動できるのにって。でも、出てこないですよね。ないことにされてるんですよ。テレビを観てても絶対にそこは出てこない。だけど、又吉さんは例外的で、次の瞬間、テレビのなかで本当のことを云ってしまいそうな感じがある。云うとしたらコイツだなって。何人かいますよね、そういうギリギリの人って。

又吉　まあ、云ってもだいたいカットされるんですけどね。

穂村 ああ、データのレベルでね。実際に云ってしまったことって、あります？

又吉 僕はリハーサルが結構恥ずかしくて、参加しても本番で違うことをやってしまったりするんです。あるとき、営業でＭｒ．マリックさんと一緒になって「今からこのグラスに入ってる液体に麦をつけてビールにするマジックをやるから、君はその麦を入れてくれ」って云われて、お断りしたんです。そしたら凄い怒られて。

穂村 誰に怒られるの？

又吉 相方とか一緒に出てた芸人さんたちに「なんでお前、断るんだよ」って。芸人的なリアクションっていうわけじゃなくて、僕は真剣に「すみません。ちょっと無理です」ってお断りしたんです。それは事前に「ビールになる」ってきいてしまったから。「うわっ」て云って驚いても、もう嘘になってしまうので。

穂村 ああ。この間、蒼井優さんと対談したときに一番苦手な演技は何かって訊いたら「呼びかけられて、『え？』って振り向くのが難しい」と。呼ばれることを知ってるから、知らないように振り向くというのが凄く演りにくいって。今、おっしゃったことと同じですよね。

又吉 そうですね。

穂村 でも、又吉さんのそのリアクションが本当のリアリティですよね。僕はサラリーマン時代、総務部にいて、よく会社関係の葬儀の受付をしたんですけど、一度も会ったことのない人の葬式ばっかりだから悲しくないんですよ、本当はね。だけどまあ、一応それらしき対応をしてるんだけれども、知り合いが来たときに、つい笑顔になっちゃうんです。「おうっ」みたいな。

又吉　自然とそうなりますよね。

穂村　そうなんです。そうなんですけど、それをどこまで主張していいのかって。

又吉　その線引きはありますね。

穂村　素では云えないから、お笑いというフレームがあったり、詩や短歌という言語表現のなかだとちょっと許されるんですよね。ギャグとかに切り裂かれて、本当のリアリティが一瞬だけ見える。でもその合意点は一瞬で、また、もわーんと元に戻ってしまうんだけど。

又吉さんに「悪魔の子」と云われて、腑に落ちた。『人間失格』も同じだよね。

又吉　この世界に入るまでは、僕のせいで流れが止まって人に迷惑をかけたりするのは恥ずかしいって思ってたんです。小学生のときに『沢田さんのほくろ』って

話が教科書に載ってまして、いつもは女子のこと呼び捨てやったのに急に「沢田さん」って「さん」づけするのが恥ずかしくて、授業中も僕だけ「沢田は」って呼び捨てにしてたら、妙にウケてしまって。そういう自分のせいで止まる時間、「恥ずかしがらんと、はよやれや」ってなる時間はできるだけ無くしていこうって思ってましたね。

穂村　「無くす」っていうのはみんなと合わせるってこと？

又吉　そうです。本当はこうやけど、できる限り隠すというか。

穂村　だけどその度合いみたいなのがありますよね。忌野清志郎が亡くなったときに甲本ヒロトが弔辞を読んだ。僕がドキドキしたのは、まず彼は葬儀にどんな服装で来るのかってこと。凄く心配だったけど、へんな期待もあった。当日、みんな黒づくめの喪服のなかに革ジャンで甲本ヒロトが来たんですね。自分なら……まあ、〝自分なら〟もないようなレベルだけど、やっぱり喪服で行くよなって。

又吉　そうですよね。僕も喪服で行きますね。

穂村　でも、もし本当にリスペクトしていた人が死んでしまったところに行く場合、その人との一対一の関係では革ジャンで行くのが真っ当だろうって思ったとしたら、どうします？

又吉　つまり僕らでいうと、凄く尊敬してるお笑いの先輩が亡くなって、その人が「どんなときでもボケ続けろ」って教えの人だとしたら、ということですよね。

穂村　それだったら、僕はふざけるかもしれないですね。

マンツーマンの関係ではそれが正解だと思う。でも怖いのは弔辞を実際にきいてるのはリスペクトしていたその人じゃなくて、社会でしょ。周りにできる限り合わせると決めていたとしても、ここは魂が本当に問われる場だぞ、みたいになったときにどうするのか。

又吉　その怖さ、ですよね。

穂村　僕、ときどきユーチューブで見るんです、その弔辞を。

又吉　甲本ヒロトならいいけど、もし自分やったらと思うと怖いですね。

穂村　でしょ。そうすると確かに自分がズレてることも本当なんだけど、そこまで魂に殉じて押し切るほどの強さや純度がないのも本当で、たとえばカメラを向けられて「笑って」と云われたときに笑わない人もいるわけですよ。笑わないって決めてて。それができたらかっこいいなと思うんだけど、僕はあいまい笑いになっちゃう。笑うなら笑う、笑わないなら笑わないでいいんだけど、なんかこう、その中間になる。だけど、結局それが自分のレベルっていうか自分なんですよね。魂の強度とかいろいろなことを含めて。

又吉　わかります。

穂村　わかりますよね（笑）。

又吉　僕も笑わんとこうって決めた一年とかありましたね。

穂村　なんで一年なの？

又吉　普段笑ってないのに写真だけ笑ってたら嘘になると思って。ここ二～三年は結構笑うようになったから写真も笑っててもいいかって。でもいまだにどうすべきか揺れ動いてて、自然にはなかなかできないですね。

穂村　以前、机の下で足を踏まれたときに、瞬時に人間としてのナチュラルなリアクションができないって話を書かれてましたけど、踏まれたら謝ってもらったりっていうのは普通のやりとりじゃないですか。「痛っ」「あ、ごめん」みたいな。それなら人間の枠内でちゃんと成立するんだけど「踏まれたときに机のふりをしてしまう」って。一旦そこで判断を誤るとずっとしなくてはいけなくなって、あとからそれが発覚したときに「えっ。なんですぐ痛いって云わないの？」と、悪魔の子みたいに云われちゃうっていう話。僕はその「悪魔の子」って表現が凄く腑に落ちたんです。太宰治の『人間失格』も同じことですよね。僕もお店で会計のときにお金を落としたのにリアクションできなくて、まったく何も起きてないフリをしてしまったことがあって、なんで瞬時に「あっ」とか云えないのかなあって。

又吉 なんか落ちることもあるやろって予測してしまってるからですかね。

穂村 そうだよね。だけど予測してたとしても、なかったことにしなくてもいいじゃない。

又吉 そうなんですよね。

穂村 踏まれたのも、なかったことにしなくたっていい。

又吉 なんでですかね。そこで自分の足をスッとひいても「あ、ごめんなさい」みたいなのがあるからじっとしてるとか、そんなことばっかりやってますね。

穂村 なんかそこで人間同士の根本的な何かにのっていけないっていうのがね、やっぱり「悪魔の子」なんだと思う。

又吉 そうですね。普通のことがへたくそっていうのは技術の問題じゃないですもんね。

穂村 たとえば年賀状に一行添えるとか、僕、できないんですよ。普段、短歌という一行の文章を書いてご飯を食べてるくせに。年賀状に書き添える一行って自然な温度を持った一行でしょ。そうなると何も思いつかない。それでついエッジイな、それこそ悪魔みたいな一行を書いてしまう。

又吉 はいはい。まさに同じことをやりました。劇場に来てくれたお客さんに芸人から年賀状が届くみたいなことをやることになって、特に個人的に知り合いじゃない人に出すわけですから「あけましておめでとうございます。応援ありがとうございます。今年もよろしくお願いします」しか伝えたいことってないんですよ。でもそれ、スタンプで全部書いてあって「なんかひと言ください」って云われても「いや、もうないです」ってその問答、結構やりました。社員さんは「こいつ、ええ加減にせい」ってあきれていたと思います。

穂村　なんかそういうときにねじが巻かれてるんだと思うんです。無力感のねじが。そのねじが巻かれてる分、強烈なネタになったりするんじゃないか。逆に「あ。足踏んでますよ」って普通に云えるようになったら、今度はネタのキレがなくなるとか、そういう相関関係がある気がするんですよ。

魂が試される瞬間。
なぜ僕たちは、あのとき、
何も云えなかったんだろう。

穂村　でも、又吉さんってサッカー部だったんでしょ？

又吉　サッカー部です。

穂村　僕はそこが謎で。たとえば運動ができないとなぜできないかを考えると思うんです、言葉で。できるヤツは言葉要らないんですよ、できるから。モテるヤツ、運動できるヤツ、楽器弾けるヤツはそれでコミュニケーションできるから言葉を必要としない。だから意外で。サッカーができたのに、なぜ本を読む必要があったんだろうって。

又吉　結構それ自分でもよく考えるんですけど、結果的にサッカーの強い高校で大阪の選抜に入りましたけど、自分の感覚としてはいつもギリギリでやってたというか。そもそもサッカー始めたときから僕の家はあんまり裕福じゃなかったんで。たとえばみんなはアディダスとかプーマのスパイクを履いてるんですけど、僕はずっとスパイクがなくて白い運動靴でやってて、やっと母親が買ってきてくれたのがマーカムっていう謎のスパイクだった。

穂村　フフ。

又吉　めちゃくちゃ硬い革で、このマーカムって何やねん。それが凄い恥ずかしくて。途中で母親はプーマとかアディダスを買おうとするんですけど、僕としては「いや、マーカム、最初っから気に入ってた」みたいな。それでいまだに足の皮ぼろぼろだったりするんですが、たぶんそういうことからですかね。

穂村　前に川上未映子さんと話をしていたら、彼女は彼氏が浮気をしたら、相手の女のところに乗り込んでいって怒鳴れるって云うのね。それができるのに言葉を使うんだ、両刀だな、無敵じゃんって思って。僕は明け方、道を渡ろうとしたら、停まってたタクシーが突然バックしてきて逃げ場がなくて、バックしてくるタクシーと同じ方向に必死で逃げたのね。ぎりぎり止まってくれたから無傷だったけど、もう十メートル走ってたら殺されそうになったのも事実で、そのときに僕はどれくらいここで怒るかってことを瞬時に考えたわけ。窓がすーっと開いて運転手さんが「すみません」って云ったそのときに「すみませんじゃねえだろ！　出てこい」って云うくらいがアベレージかって。でも「アベレージか」とか考えてる時点でもうダメなんですよ。で「気をつけてください」って云っちゃったんだけど、どうします、そういうときは？

又吉　たぶん僕も何も云えないですね。もう四〜五年前ですけど、夜中、喫茶店みたいなとこでひとりで原稿書いてて、そこに十人くらいの男女の団体が入ってきたんです。「なんだ。ダーツなくなってんじゃん」って出ていくときに、たぶん一軒めでだいぶ飲んでて、僕がパーマかかってたんで「あ。サザエさんがいるよ」ってひとりの男が云って、みんな笑って「やめなよ」って云いながら出ていった。そこからもう、腹立ち過ぎて原稿書けなくなったんですけど、どうします、そういうときは？

穂村　う〜ん。それ、三、四回繰り返されることもありますよね。

又吉　そしたら、さすがに云いますか？

穂村　いや、生まれてから一回も云ったことないです。彼女と歩いてたとき、すれ違いざまに「ブース！」って云われたことがあって。自分への攻撃はあとで帳尻をあわせればいいけど、連れの彼女への攻撃って、どうします？

又吉　うわ。考えるだけで怖《おそ》ろしい状況ですね。

穂村　準備してないし、その場で決めなきゃいけないし。

又吉　微妙なとこですよね。僕の勝手な憶測ですけど、彼女にしたら僕にきかれたくないんじゃないか。声のボリューム的に不自然じゃなかったら、きこえてないフリをするかもしれない。でも明らかにテンション下がりますよね、彼女は。

穂村　下がるでしょう。あとで「いや、君は可愛いよ」と云ったところで、そこで相手に直接抗議しない限り下がるのは確実で、じゃあ「ブスじゃねえよ！」って青春っぽく云えばいいのか。

又吉　それ一番傷つくんじゃないですか。もう一回そのワードを出されること自体が、もう。

穂村　それって二十一歳くらいの出来事で、僕は何も云わずにすれ違っちゃって、彼女がどう思ったのかはわからないんだけど、でもなんとなくがっかりされたような気がして。じゃあどうすればよかったのかって、ずーっと考えてるんですけど。

又吉　確かに難しいですよね。

穂村　そういうときに怒れる人っていうのは、たぶん世界や人間に対するある信頼感を持ってるっていうか、少なくとも相手が自分と同質、同じものだって感覚が前提にないとダメで、凄く深いところで他者を怖れてるとそれができないんだと思う。

お笑いや詩歌の仕事って、それじゃないか。ないことにされてるものに気づくこと。

穂村　僕は、前に友達と嫌いな人の話をしてて「指を鳴らしたら、あいつが消えればいいのにな」って云ったことがあって、そうしたら凄く怒られてね。「包丁で刺すならいい。でも指を鳴らしたらって、穂村くんはそれができたら指を鳴らすの?」って。

又吉　う〜ん。

穂村　でも「指を鳴らしたら消えればいい」っていうのも本当でね。包丁で刺すなんて大変だし、指を鳴らして消えればいいことの利点はなんの手ごたえも痕跡もないからいいなってことで、でも「そんなふうに思ってる人は文学をやる資格がない」って云われて、突然凄い正論が来たなと思ったけど、どうもそれは当たってるような気がして。

又吉 はい。

穂村 ちゃんと怒っていい人はそこで包丁で刺せる人で、なんか僕がお金落としても瞬時にリアクションできずに能面みたいになっちゃうのとか、そういうのって全部その（指を鳴らして）感覚とつながってるような気がする。

又吉 なるほど。

穂村 だから「悪魔の子」って結構あたってるなって。ただ、これって特殊な話じゃなくて、万人のなかにあることだとも思うのね。濃淡があるだけで全員に「悪魔の子」の要素はある。太宰治はその問題に関するイエス・キリストみたいな。十字架を背負うという感覚があるので、後世の我々が読んでもうたれるし、この問題は普遍的だって思う。同時に生身の自分としてはその問題はもういいのかと。

又吉 それはありますね。あいまいな部分がひとつのキャラになってくると、今度はそのキャラを持続させようという自分は絶対に認めたくないというか。

穂村　それが免罪符になったらいけないって感じがある。太宰なんて、それこそ毎回ゼロから新鮮で燃え上がるような恥の意識が伝わってくるっていうか。

又吉　そうですね。

穂村　又吉さんはネタをつくるときのクセとか思考方法ってあります？

又吉　この間、怪談噺をきくのが凄くヘタな人がいて、相槌の打ち方がヘタだったり、ヘンなとこにひっかかったりして、コイツのせいで全然コワないなあって思いながらきいてたんですけど、逆にそれを立てて、怪談噺という概念のない国から来た人が日本の文化に触れたくて怪談噺をきくけど、うまくリアクションがとれなくて……というネタになったりはしましたね。

穂村　話すほうがつまらないならともかく、相槌がヘタでぶち壊せるっていうのは相当な破壊力ですね（笑）。

又吉　「二人で行ったの？」とかどうでもいいこと訊いてくるんです。そこは話のオチにもかかってこないから気にしてもらいたくないんですけど（笑）。

穂村　旅先とかで迷惑な人に出会っても、今は迷惑だけどこれを原稿に変えればいいんだと思う癖はつきますよね。楽しいとそれ以上変換できないし。こうして又吉さんと話していて思うのは、この人は本当のことをしゃべろうとしているし、実際しゃべってる人だと。ちょっとだけアレンジしたらもっと面白くなるはずのことを強く避けている。そこに圧倒されるんです。僕はついやっちゃうんですよ、ここでちょっとアヤをつけると面白くなるぞって思っちゃう。そこにもしかしたら性格差もあるけど世代差もあって、バブルの汚染みたいな感じが、僕はちょっとするんです。又吉さんからはそれをまったく感じない。この人は無理に面白くしようとしていなくて、むしろ本当のことの本当度のほうに照準をあわせてしゃべっていることが伝わってくる。それをどのくらい意識しながらやってるのかなっていうのを、今日は訊けたら訊いてみたいと思ってたんです。

又吉 そうですね。最初に云ったように「嘘つくとバレる」というのが自分のなかにあるので、本当のことか自分の感情が乗っかってることしか云えないっていうのがあるんでしょうね。だから、ネタつくってて、相方に「それだとこっちから掛ける言葉がない」って云われたりします。僕が云ってること自体がヘンでも真っ当でもないから、なんてつっこんでいいのかわからない。「せめてどっちかにしてくれ」ってなったとするじゃないですか。だとしたら「ほな、このネタは無理やな」ってなることが多いかもしれないです。

穂村 なるほどね。そこで面白いほうに寄せようとするのは危険だと。

又吉 そうですね。

穂村　それができるって凄いよね。しかも面白いことをするのが仕事なのに。

又吉　子どもとか来たときにかわいらしい声でしゃべれる大人がいるじゃないですか。僕、あれができないんですよ。それとちょっと似てるかもしれないですね。僕の父親も、僕が今からどんな楽しい話をしようと思ってしゃべっても、全部ひと言めは「あ、なんや」っていう入りやったんです。うわ、すっごいしゃべりにくいなと思いながらしゃべってたんですけど。

穂村　フフ。

又吉　よその人はだいたい「どうしたの」って前のめりできいてくれるから、しゃべりやすい。けど、なんとなく小学生くらいから、父親のスタンスのほうが普通、そのほうが信頼できるっていうのがあって。

穂村　お父さんが原点なんだ。

又吉　その影響はでかいですね。父親には繰り返し傷つけられてきたというか、調子乗ってたら「調子乗んな」ってすぐ云われますしね。それがひとつの目安になってる。小学校上がる前に、父親の実家の沖縄に行って、父親が酔っぱらって踊って凄いウケてたとき「直樹もやれ」みたいに親戚に云われて、僕はそんなタイプじゃないし、恥ずかしかったんですけど、こんだけ父親が盛り上げてて、ここでできひんかったらこの場も冷めるしと思って全力でやったら、やっぱり子どもがやるんで、父親の何倍もウケたんです。で、台所行って、なんかウケたなと思って麦茶飲んでたら、父親が近寄ってきて「お前、あんま調子乗んなよ」って云われたんですよ。それが図星で、ほんまに調子乗ってたんで、僕。ウケて、うわ、気持ちいいって快感に酔ってるときに剝きだしの大人の嫉妬をくらった。そこから、たとえば修学旅行で女子がテンションあがって、先生にタメ口云ったりしてると、やめとけ、今に怒られるぞみたいな。実際先生に怒られて謝ることになって、うわ、やっぱり最初っからそんなことせんかったら良かったのにとか、そんなことばっかり考えるようになりましたね（苦笑）。

穂村 僕は親に甘やかされた、ひとりっ子だったんです。だから又吉さんと逆。家では全能感が強かったので、外に出たらひとり失楽園状態というか、実力でバレンタインのチョコをもらう世界に入ったときに凄く追放感があって「これが僕の実力なんだ……」みたいな。それを認めるのに何十年もかかった（苦笑）。

又吉 ハハ。

穂村 外の世界って、こんなに厳しかったんだ。もしかしたら、一生、誰にも裸見せてもらえないかもって、高校生のとき思いましたもん。そんな奇跡みたいなことが本当に起きるんだろうかって。

又吉 確かにモテない時期があるっていうのは、何かが研ぎ澄まされる気がしますよ

又吉直樹

またよし・なおき　1980年、大阪府生まれ。2003年に綾部祐二とお笑いコンビ「ピース」を結成、バラエティ番組等を中心に活躍。15年『火花』で芥川賞を受賞。著書に『第2図書係補佐』『東京百景』『夜を乗り越える』、共著に『カキフライが無いなら来なかった』『まさかジープで来るとは』『新・四字熟語』『芸人と俳人』などがある。

ね。

穂村　ええ。

又吉　僕もやっぱり虐げられるっていうか、女子からナメられた時期に、いろんなことが見えていった気がしますけどね。ヘンなあだ名つけられるとか。それで初めてわかりますもんね、自分がヘンに見られてることが。じゃあ、何をすればいいんやろとか、いろんなことをその時期に考えた気がします。

穂村　そういうことを考えれば考えるほど挙動不審になるからモテなくなるんだよね。モテる人は考えないことによってますます天真爛漫《てんしんらんまん》にモテていっちゃうから、その差は開く一方で、これはこの先も埋まらないんじゃないかって本当に思いましたね。

又吉　僕のなかで自意識が最大限にとんでもないことになってたのって、たぶん中学時代だと思うんです。体育祭の行進の練習をしたときにモテる人たちはシャツ出して「だるいわ～」って云いながらやるんですよ。ちょっと不良っぽいんですね。不良でもなければモテもしない僕は、それができひんからどうしよって考えた結果、誰よりも真面目に行進するという手段を選んでしまって。目立ち過ぎて校長に褒められたんですけど。

穂村　アハハハ。

又吉　前の人の肩まで、こう、手を高く振って、父兄とかに「あの子凄い」って写真まで撮られて。クラスでもおとなしくて、ひと言もしゃべらんような子だったのに急に真面目に行進するようになった。みんなからしたら「頭おかしい」、ある種の狂気のように思えたんでしょうけど、僕のなかではちゃんと階段を昇っていった結果、ヘンなとこに行っちゃったっていう。

穂村　戦場だよね、あの頃って。でも無駄なエネルギーの消費も、お笑いをやることで無駄じゃなくなったから良かったんじゃない。

又吉　普段漠然と感じてる、言葉にできてないような感覚をどう伝えるかみたいなことは、僕もずっと考えていて。でも場がないんですよね。ウケたとしても、又吉が云ってるからヘンなヤツがヘンなこと云ってる、何云ってるのお前だけって笑いでしかなかった。ちょっと絶望しかけたこともあったんですけど、穂村さんのエッセイを読んだときに自分以外でもこんな感覚を持ってる人がいるんだってわかって嬉しかったんです。だったらお笑いでも、そこの部分が絶対に刺さらんとは云い切れないというか、なんかいけるんじゃないかって感じがして。

穂村　昔は近所にヘンなおじさんとかいたじゃない。野球してると飛び入りで参加してきて「俺は昔、巨人の二軍にいたんだよ」とか云ってさ。でも今はそんなヘンな人もいなくなったし、野良犬とかも今はいたらいけないことになってるけど、昔はいたもんね。

又吉 いましたね。

穂村 ないことにされると見えなくなるんですよ。見えないと言葉にもしなくなる。だけど、〈くす玉の残骸を片付ける人を見た〉っていう又吉さんの句なんかが典型でね。くす玉って割れるまでが社会的にもてはやされる価値で、割れた直後からその価値は暴落してゼロになるから、誰も見ない。でもごく稀に割れた後のくす玉を熱心に見る特殊な人がいて、又吉さんやせきしろさんがやってるのってそれですよね。この間新聞に投稿されてきた短歌で〈捨てられるそのひと皿を見てしまうきらきら回る鮨の向こうに（鈴木美紀子）〉っていうのがあって。似てますよね、くす玉と。さあ食べようって、みんなが参加してるなかにひとりだけ、誰にも手を出されずに捨てられる鮨に眼がいってしまう。これって明らかにマイノリティのまなざし。もうひとつ、別な人の短歌で〈6回転のジャンプした後ぼんやりと立ってたら何点ですか（田中有芽子）〉。実際にそんなシーンを観たら、凄く興奮すると思うんですよ。ありえないと消してるゾーンだから想像することさえできないけど、そこを見てる人もいるわけです。

又吉 そういうのを見つけたときの気持ちよさってありますよね。

穂村　僕らの世代だと吉田戦車さんが漫画を描き始めたときに、ついにこういうものが出てきたって感じがありましたね。たとえばビルに「定礎」って書いてあるのが漫画になったとき、凄いなって。あの文字は街中にあるけど、これまで一度も言語化されてこなかったから。

又吉　で、それが出ると、それを面白いって感受する人間がいっぱいいる。僕はそのことがいつも不思議で。

穂村　とても不思議ですよね。みんながそうなら社会はこうなってないと思うんだよね。本当にみんなそうなのかって。

又吉　そうですよね。

穂村　それなら我々を国会議員にしたっていいのに（笑）。

又吉　そうなんですよね（笑）。

穂村　まあ、「選挙に出てくれ」って云われたら、僕より棋図かずおさんのほうが……って云うと思うけど（笑）。

又吉　フフ。

穂村　大人になって、楳図かずおさんや萩尾望都さんにお会いしたら、凄く優しかったんです。しかもなんか普通だった。天才なのは誰でも本当に一部分で、あとの土台の部分は普通だから、その普通さのなかでやりくりをして一％の天才性を突出させている。我々はそこだけ見てベースの部分もとてつもないように思ってしまうけど、そうじゃない。優しかったり、真面目だったり、向こう側にいる人たちにもこっち側があるんだ。当たり前のことなんだけど、こっち側と向こう側はつながってるって、昔の自分に教えてやりたかった。それがわからなくって、ひどくあがいた気がするんです。

又吉　子どもの頃って席が隣の人と友達になるしかないみたいな狭い世界で、それで自分が凄い変人のような違和感を抱いて、妙にいびつなことをやってしまったりもするけど、大人になると同じような感覚の人とこうして会えたりもしますしね。

穂村　ええ。嬉しいです。お笑いや詩歌の仕事っていうのは、消えてしまったヘンなおじさんや野良犬の代わりみたいなものかもしれないんだけど。

解説　逆《ぎゃく》だよ！　逆《ぎゃく》ぅ!!

陣崎草子（絵本・児童文学作家、歌人）

「僕、トンボに似てるってよく云われるんです」と、トークショーで穂村さんが云い、客席の人たちがカクカクカクカクと異様な前のめりさで肯くという場面を、私は何度か見たことがある。勿論私も「ええ、わかります」という思いを、首カクカク運動によって生じる波動を使って穂村さんに伝えようとでもするように、激しく肯いた。

しかし、穂村さんの「トンボ」話に皆が肯くのは、単に穂村さんがいつも大きい黒ぶち眼鏡をかけていて、いつも体にぴたりとフィットするピチピチタイプのズボン（素敵です）を穿いておられるために、全体のフォルムがトンボに近づいている――せいではないと思うのだ。

もっと、トンボの、表層ではなく奥深くにこびりつくイメージと穂村さんが結びつき、「ああ！」という鮮烈な閃きが生じるために、私たちはあんなにカクカク首をふるのではないだろうか。

そのイメージとはおそらく、「ぐるぐる」のことである。

トンボの前で指をぐるぐる回すとトンボが目を回すという、真偽不明のあの話だ。

穂村さんが「僕、トンボ……」と云った瞬間に、あの「トンボ＝ぐるぐる」の図式が私たちの無意識層に立ちあらわれる。そのせいで私たちは「ああ！」と感動してしまうのではないだろうか。

――ああ！　確かに穂村さんって、謎にぐるぐるしてる！

本書『蚊がいる』は、そんな穂村さんの、「謎のぐるぐる」としか云いようのない、いささか常人離れして鋭敏すぎる感覚によって捉えられた、「この世界」についての考察の書である。

私は雑誌『ダ・ヴィンチ』の穂村さんの連載である「短歌ください」というコーナーの挿絵を担当しており、穂村さんとは十年近いおつきあいになるのだが、本書では「永久保存用」の章に短歌の引用もしていただいている。

やや手前味噌な見方かもしれないが、この「永久保存用」の章は、私には本書の全体像を特徴付ける内容であるように思える。また、このエッセイにはちょっとした後日談があるので、穂村弘という鬼才歌人にして、異能者の視座から現代を解析する名エッセイストの、「謎のぐるぐる」を少しなりとも読み解くために、その後日談をここに記しておきたい。

二〇〇七年か、〇八年のことだ。穂村弘歌集と、同氏の犀利な洞察にあふれた歌論を通して現代短歌と出会い、人生がめくれあがるような衝撃を受けていた私は、ある日の深夜二時頃に編集者のSさん（「心と爪先」に登場）からのメールを受信し、穂村さんの連載に絵をつけろと書かれてあるのを読んだ。瞬間、全身の血が沸騰し、当時住んでいたワンルーム（それは自分専用のトイレが家の外の隣家の玄関の横にあり、お風呂がベランダにあるという珍妙な部屋だった）の床に倒れ、熱を出した。嬉しすぎたのだ。

その後、連載のご縁から穂村さんとお会いする機会を得た。尊敬と畏怖で胸いっぱいの私は、ガチガチに緊張していた。なにせ穂村さんといえば、ずば抜けた感性の鋭さで有名なのだ。どれほど厳しくこちらの才能やセンスを査定されることかと震えあがった。

ところが、予想に反して対話の時間はなごやかだった。「パッチワーク紳士」の章にあるように、読者である私に穂村さんはランダムな笑顔と思いやりを出力してくれたのだ。嬉しかった。

しかし、穂村さんがふにゃりとしたランダム笑顔出力状態のまま、次の言葉を放った瞬間、場の空気が変わった（気がした）。

「敵状視察だと思って、日記ぜんぶ読んだよ〜」

びっくりした。

日記とは、私が自身のウェブサイトに綴っていた日記のことだ。文学の最先端で活躍する方が、短歌欄の投稿者とはいえ、名もない人間（当時の私は自著も出ていなかった）の文章を読んでくれるとは、恐るべき取材魂。さすがツイッターの女子高生の投稿まで蒐集して、言葉について考え抜く穂村さんだけある。それにしても、敵状視察？　えーっと、敵……？

そこから、「永久保存用」の章にある、「『どうせ死ぬ』パワー」の話になった。お読みになればわかるように、この章で穂村さんは、「『どうせ死ぬ』パワー」の心を「永遠」に近いものとして書き、万年筆の傷にびくびくする心を後ろめたいものとして書いている。これだけ読むと、まるで穂村さんが「『どうせ死ぬ』パワー」にすっかり憧れているように見えるだろう。しかし、

「だって要らないですよね、モノとか。どうせ死ぬんだし」

半笑いで私がそう云った瞬間、穂村さんはスパークした。

「逆《ぎゃく》だよ！　逆《ぎゃく》う!!」

決して荒ぶるというふうではなかったが、奥底に並々ならぬ真剣さの宿る声で、穂村さんは云ったのだった。

つまり、こういうことではないだろうか。

穂村さんは多くのエッセイを通じて、現実世界の合理に則した行動を取れない自分の姿を描き、「できないこと」の多さをため息と共に列挙している。

「最高の今」を捉えたい。

そう願う気持ちの強さが、逆に「今」を生きることから私を遠ざける。（「桜」より）

このように、「今、ここ」という生き方にコミットできない自分を、エッセイの中で穂村さんは嘆く。しかし、本当は違うのではないだろうか。本当は、「逆だよ！逆う!!」なのではないか。キャリアも格段に違い、年下でもある私に、抜き差しならない「真剣」な剛速球を投げて反論した、あのときの穂村さんこそが、真実の穂村さんだと、私は思いたくなってしまうのだ。未詳の者にも真剣に反論する姿には、クリエイターとしての凄味がにじんでいた。

本当は穂村さんは、「すべきことを当たり前にできる」ことを前提として合理的に回る社会や、「今、ここ」にコミットすることで幸福に耽《ふけ》り、現実の破れ目を忘れようとする意識の在り方など、私たちの世界を覆う「無意識の合意」みたいなものの不具合を、とてつもない真剣さで見破ろうとしているのではないか。自分の「できなさ」を道具として世界を解析しつづけることで、「神が創りたもうたこの世界」のほころびを、舌を巻く細やかさで指摘し、摂理のおかしさを暴こうとしている。それは自己の生について「どうせ死ぬ」と腹を括って「今、ここ」にコミットし、神の摂理に合一することで幸福を得て、永遠を感じようという「満ち足りた私」型の方法論とは、真逆の生き方になってくる。

だから穂村さんは、「今、ここ」に生きるという在り方と、自身の在り方との「ずれ」に苦しみ、情けなくなる。しかし、そのねじくれた「ずれ」こそが、卓抜にユーモアとエッジの効いた散文を生む原動力にもなっている。「足りてない」ことへの怒りが燃えあがることで、かえってどうしようもないおかしみが生まれてしまうのだ。

云ってみれば穂村さんは、創造主たる神を「万年筆の傷にびくびくする心」の世界から見あげ、憧れながらも、同時に神に反逆し、神の間違いや罪を指摘し、糾弾しようとしている。しかも、「謎のぐるぐる」パワーという、なんだかよくわからない武器（魔法？）を使って。なんという茨の道だろう。

「『どうせ死ぬ』パワー」の持ち主である私を、短歌一首から「敵」と見破った穂村さんの慧眼にはおののかざるを得ないが、ああしかし、「一人一人がただ一つだけの運命をその体のなかに抱えている。」（「運命と体」より）という、その無数の運命の軌道の中で穂村さんと敵として出会えた私は、ついこんなふうに思ってしまう。

――穂村さん。穂村さんの行く道は、不利だよ。無謀だよ。神に唾を吐こうなんて、自分の額に唾がもどってくるだけだよ。

そして、同時にこうも思っているのだ。

――でも、やってください。穂村さんにしかできないから。破滅が待っているのかもしれないけど、おもしろいから、どうか皆の代わりに、闘いつづけて。

穂村さんの「謎のぐるぐる」は、極めて危険だ。

でも、こんなに際どくおもしろいものを、他に知らない。

本書は、二〇一三年九月に小社より刊行されたものです。
（解説は書き下ろし）

蚊《か》がいる

穂村《ほむら》 弘《ひろし》

平成29年 2月25日 初版発行
令和7年 6月10日 12版発行

発行者●山下直久

発行●株式会社KADOKAWA
〒102-8177 東京都千代田区富士見2-13-3
電話 0570-002-301（ナビダイヤル）

角川文庫 20017

印刷所●株式会社KADOKAWA
製本所●株式会社KADOKAWA

表紙画●和田三造

●お問い合わせ
https://www.kadokawa.co.jp/（「お問い合わせ」へお進みください）
※内容によっては、お答えできない場合があります。
※サポートは日本国内のみとさせていただきます。
※Japanese text only

ISBN978-4-04-102625-0 C0195

角川文庫発刊に際して

角川源義

第二次世界大戦の敗北は、軍事力の敗北であった以上に、私たちの若い文化力の敗退であった。私たちの文化が戦争に対して如何に無力であり、単なるあだ花に過ぎなかったかを、私たちは身を以て体験し痛感した。西洋近代文化の摂取にとって、明治以後八十年の歳月は決して短かすぎたとは言えない。にもかかわらず、近代文化の伝統を確立し、自由な批判と柔軟な良識に富む文化層として自らを形成することに私たちは失敗して来た。そしてこれは、各層への文化の普及滲透を任務とする出版人の責任でもあった。

一九四五年以来、私たちは再び振出しに戻り、第一歩から踏み出すことを余儀なくされた。これは大きな不幸ではあるが、反面、これまでの混沌・未熟・歪曲の中にあった我が国の文化に秩序と確たる基礎を齎らすためには絶好の機会でもある。角川書店は、このような祖国の文化的危機にあたり、微力をも顧みず再建の礎石たるべき抱負と決意とをもって出発したが、ここに創立以来の念願を果すべく角川文庫を発刊する。これまで刊行されたあらゆる全集叢書文庫類の長所と短所とを検討し、古今東西の不朽の典籍を、良心的編集のもとに、廉価に、そして書架にふさわしい美本として、多くのひとびとに提供しようとする。しかし私たちは徒らに百科全書的な知識のジレッタントを作ることを目的とせず、あくまで祖国の文化に秩序と再建への道を示し、この文庫を角川書店の栄ある事業として、今後永久に継続発展せしめ、学芸と教養との殿堂として大成せんことを期したい。多くの読書子の愛情ある忠言と支持とによって、この希望と抱負とを完遂せしめられんことを願う。

一九四九年五月三日